JEANETTE WINTERSON

A guardiã do farol

Tradução de
SÉRGIO DUARTE

EDITORA RECORD
RIO DE JANEIRO • SÃO PAULO
2009

CIP-BRASIL. CATALOGAÇÃO-NA-FONTE
SINDICATO NACIONAL DOS EDITORES DE LIVROS, RJ

W746g Winterson, Jeanette, 1959
A guardiã do farol / Jeanette Winterson ; tradução de Sérgio
Duarte. – Rio de Janeiro: Record, 2009.

Tradução de: Lighthousekeeping
ISBN 978-85-01-07809-4

1. Romance inglês. I. Duarte, Sérgio. II. Título.

08-5473.

CDD: 823
CDU: 821.111-3

Título original inglês:
LIGHTHOUSEKEEPING

Copyright © Jeanette Winterson, 2004

Todos os direitos reservados.
Proibida a reprodução, no todo ou em parte, através de quaisquer meios.

Direitos exclusivos de publicação em língua portuguesa somente
para o Brasil adquiridos pela
EDITORA RECORD LTDA.
Rua Argentina 171 – Rio de Janeiro, RJ – 20921-380 – Tel.: 2585-2000
que se reserva a propriedade literária desta tradução

Impresso no Brasil

ISBN 978-85-01-07809-4

PEDIDOS PELO REEMBOLSO POSTAL
Caixa Postal 23.052 – Rio de Janeiro, RJ – 20922-970

EDITORA AFILIADA

Para Deborah Warner

*Agradeço muito a Caroline Michel,
a Marcella Edwards e a todo o pessoal da HarperPress.
E também a Philippa Brewster, Henri Llewelyn Davies,
Rachel Holmes e Zoe Silver.*

"Lembre-se de que você tem de morrer"

MURIEL SPARK

"Lembre-se de que você tem de viver"

ALI SMITH

Dois Atlânticos

Minha mãe me chamava de Silver.* Nasci metade metal precioso e metade pirata.

Não tenho pai. Isso nada tem de estranho; até mesmo as crianças que têm pai muitas vezes se surpreendem quando o conhecem. O meu veio do mar e voltou pelo mesmo caminho. Era tripulante de um barco de pesca que entrou em nosso porto numa noite em que as ondas estalavam como vidro. Um rombo no casco o deixou em terra tempo suficiente para lançar âncora dentro de minha mãe.
Cardumes de bebês competiram pela vida.
Eu venci.

Eu morava numa casa na parte íngreme da falésia. As cadeiras tinham de ficar pregadas no assoalho e nunca podíamos comer espaguete. Comíamos as coisas que ficavam no prato —

---
*Em português: prata. Ao longo do livro, a autora faz diversas menções à prata, remetendo-se ao nome da protagonista. (*N. do E.*)

torta de carne moída com batatas, *goulash*, risoto, ovos mexidos. Uma vez tentamos comer ervilhas — foi um desastre — e de vez em quando ainda as encontramos, empoeiradas e verdes, nos cantos da sala.

Algumas pessoas crescem no morro; outras, no vale. A maioria vive no plano. Eu nasci em ângulo, e assim vivi desde então.

À noite minha mãe me deitava em uma rede colocada perpendicularmente ao declive. No suave balanço da noite, eu sonhava com um lugar onde não precisasse usar o peso do corpo para lutar contra a gravidade. Minha mãe e eu tínhamos de nos amarrar uma à outra com cordas, como um par de alpinistas, só para poder chegar à porta de casa. Bastava um escorregão e acabaríamos na linha do trem, junto com os coelhos.

— Você não é do tipo que gosta de sair de casa — dizia ela, embora talvez isso tivesse muito a ver com o fato de que era difícil. Quando outras crianças iam sair, os adultos perguntavam:

— Lembrou-se de levar as luvas?

Mas o que eu ouvia era:

— Apertou bem as fivelas da correia de segurança?

Por que não nos mudamos?

Minha mãe era mãe solteira e teve um filho fora do casamento. Naquela noite em que meu pai entrou, a porta não estava trancada. Por isso mandaram minha mãe para a falésia, longe da cidade, e o resultado curioso foi que ela passou a olhá-la de cima.

Salts. Esse é o nome de minha cidade natal. Uma cidade pequena, pedregosa, junto ao mar, cercada de areia. Claro, tinha também um farol.

Dizem que a gente pode saber alguma coisa sobre a vida de uma pessoa observando seu corpo. Sem dúvida isso é verdade em relação a meu cachorro. Ele tem as pernas traseiras mais curtas do que as dianteiras porque está sempre se sustentando com uma extremidade e fazendo força para subir com a outra. No plano, caminha saltitando, o que o faz parecer mais alegre. Ele não sabe que as quatro pernas dos outros cachorros têm o mesmo comprimento. Se for capaz de pensar, deve achar que todos os outros são como ele, e por isso não sofre com a mórbida introspecção da raça humana, para a qual qualquer coisa que se afaste da norma assusta ou merece castigo.

— Você não é como as outras crianças — disse minha mãe. — E se não conseguir sobreviver neste mundo, é melhor fabricar um mundo para você.

As excentricidades que ela dizia serem as minhas eram na verdade as dela. Era ela quem detestava sair de casa. Era ela quem não conseguia viver no mundo que tinha recebido. Queria muito que eu fosse livre, e fazia todo o possível para certificar-se de que isso nunca iria acontecer.

Estávamos amarradas uma à outra, quer gostássemos, quer não.

Mas então ela caiu.

Foi assim que aconteceu.

O vento estava tão forte que era capaz de arrancar as barbatanas dos peixes. Era a véspera da Quarta-feira de Cinzas, e fomos comprar farinha de trigo e ovos para fazer panquecas. Já tínhamos tido galinhas, mas os ovos rolavam pelo declive e as nossas galinhas eram as únicas do mundo que se agarravam com o bico para botar os ovos.

Eu estava animada naquele dia, porque panquecas eram algo que se podia fazer muito bem em nossa casa — o chão inclinado sob o fogão transformava o ritual de soltá-las e revirá-las numa espécie de dança sincopada. Minha mãe dançava enquanto cozinhava, porque dizia que isso a ajudava a se equilibrar.

Ela ia subindo, levando as compras e me puxando pela corda atrás dela, como num reflexo tardio. Algum outro pensamento deve ter cruzado sua mente, porque de repente ela parou e se voltou; naquele momento o vento soprou como um grito agudo, abafando o grito dela ao escorregar.

Em um segundo ela passou por mim e eu me vi pendurada em um de nossos arbustos espinhentos — acho que se chamam escalônias, uma planta das regiões salgadas capaz de resistir à maresia e à força do vento. Senti as raízes se soltando lentamente, como uma sepultura que se abria. Tentei me sustentar enfiando as pontas dos sapatos na escarpa arenosa, mas o solo não cedia. Íamos cair as duas, despencando da falésia em direção a um mundo escuro.

Eu não conseguia mais me segurar. Meus dedos sangravam. E então, quando fechei os olhos, pronta para me deixar cair, o peso por trás de mim desapareceu. O arbusto ficou firme. Puxei meu corpo, agarrada a ele, e me levantei.

Olhei para baixo.

Minha mãe tinha desaparecido. A corda estava inerte sobre a pedra. Puxei-a com os braços, gritando:

— Mamãe! Mamãe!

A corda subia cada vez mais depressa, queimando meu pulso enquanto eu a enrolava. Depois veio a fivela dupla. Depois a correia. Ela tinha soltado o arreio para me salvar.

Dez anos antes eu tinha me atirado no espaço para achar o canal no corpo dela e chegar à terra. Agora ela se atirara em seu próprio espaço, e eu não podia segui-la.

Ela se fora.

Salts tem seus próprios hábitos. Quando souberam que minha mãe tinha morrido e que eu ficara sozinha, houve um debate sobre o que fazer comigo. Eu não tinha parentes e não tinha pai. Não herdara dinheiro e não tinha nada de meu, a não ser uma casa inclinada e um cachorro oblíquo.

Uma votação resolveu que a professora primária, Srta. Pinch, ficaria encarregada do assunto. Ela tinha prática em lidar com crianças.

No primeiro e lúgubre dia que passei sozinha, a Srta. Pinch foi comigo buscar minhas coisas. Não havia muitas — principalmente tigelas, biscoitos de cachorro e um atlas mundial Collins. Eu quis levar também algumas coisas de minha mãe, mas a Srta. Pinch achou *imprudente*, embora não tenha dito o motivo ou explicado como a prudência poderia melhorar as coisas. Depois trancou a porta quando saímos e guardou a chave na bolsa, que parecia um caixão de defunto.

— Vou devolvê-la a você quando fizer 21 anos — disse ela. Sempre falava como se fosse uma apólice de seguro.

— Onde vou morar até lá?

— Vou pesquisar — disse a Srta. Pinch. — Hoje você pode dormir em minha casa em Railings Row.

Railings Row era um grupo de casas afastadas da estrada. Eram altas, de tijolos escuros e manchados de maresia, com a pintura descascando e o metal esverdeado. Já tinham pertencido a comerciantes prósperos, mas há muito tempo ninguém prosperava em Salts, e agora estavam todas fechadas com tábuas.

A casa da Srta. Pinch também, porque ela dizia não querer atrair ladrões.

Ela fez girar as dobradiças da tábua de compensado naval que cobria a porta de entrada e abriu a fechadura tripla que a protegia. Quando entramos em um corredor sombrio, trancou novamente a porta e pôs a tranca.

Fomos para a cozinha, e sem me perguntar se eu queria comer, ela pôs diante de mim um prato com arenques em conserva enquanto fritava um ovo para si. Comemos em completo silêncio.

— Durma aqui — ela disse, quando terminamos a refeição. Colocou duas cadeiras frente a frente e uma almofada sobre uma delas. Depois pegou um edredom no armário, um desses edredons que têm mais plumas fora do que dentro, e que são forrados com as penas de um só pato. Acho que aquele tinha o pato inteiro lá dentro, a julgar pelo volume.

Assim, deitei-me coberta com as penas, pés, bico, olhos vidrados e a cauda torta de pato, esperando o romper da aurora.

Todos nós, mesmo os piores, temos sorte, porque a luz do dia sempre surge.

Bastava anunciar.

A Srta. Pinch escreveu numa grande folha de papel os detalhes a meu respeito e pregou-a no quadro de avisos da Paróquia. Eu podia ser recolhida por qualquer cidadão de bem, cujas credenciais seriam cuidadosamente verificadas pelo Conselho Paroquial.

Fui ler a nota. Estava chovendo e não havia ninguém por perto. Não havia nada sobre meu cachorro, e por isso eu mesma redigi uma descrição, que preguei logo abaixo:

UM CÃO TERRIER, MARROM E BRANCO, DE PÊLO GROSSO.
PERNAS DIANTEIRAS DE 20 CENTÍMETROS,
PERNAS TRASEIRAS DE 15 CENTÍMETROS.
NÃO PODEM SE SEPARAR.

Depois fiquei preocupada porque alguém poderia pensar que as pernas do cachorro é que não poderiam ser separadas, em vez de ele e eu.

— Você não pode obrigar ninguém a ficar com o cachorro — disse a Srta. Pinch, de pé atrás de mim, com o corpo comprido fechado como um guarda-chuva.

— É o meu cachorro.

— Sim, mas de quem é você? Isso não sabemos, e nem todo mundo gosta de cães.

A Srta. Pinch descendia diretamente do reverendo Dark. Houve dois homens chamados Dark — o reverendo, que tinha morado na cidade, e o pai deste, que preferia morrer a morar lá. Agora vamos falar do primeiro; o outro vem daqui a pouco.

O reverendo Dark foi a pessoa mais famosa que já morara em Salts. Em 1859, cem anos antes de eu nascer, Charles Darwin publicou *A origem das espécies* e foi a Salts para visitar

Dark. É uma longa história, e como a maioria das histórias deste mundo, nunca acabou. Houve um fim — sempre há — mas a história foi além do fim — isso sempre acontece.

Creio que a história começa em 1814, quando uma lei do Parlamento autorizou a Comissão dos Faróis do Norte a "construir e manter novos faróis que considere necessários ao longo da costa e nas ilhas da Escócia".

Na extremidade noroeste do território principal da Escócia existe uma região selvagem e erma, chamada em língua gaélica "Am Parbh" — Ponto de Virada. Para onde, ou de onde, se vira não se sabe bem, ou talvez seja muitas coisas, inclusive o destino de um homem.

O longo golfo de Pentland se abre no estreito de Minch, e pode-se ver a oeste a ilha de Lewis e a leste o arquipélago das Orkneys, mas para o norte só existe o oceano Atlântico. Digo que é só, mas o que significa isso? Muitas coisas, inclusive o destino de um homem.

A história começa agora, ou talvez comece em 1802, quando um terrível naufrágio lançou marinheiros ao mar como se fossem petecas. Por algum tempo eles flutuaram, com as cabeças visíveis acima da linha da água, mas logo afundaram como rolha encharcada, a rica mercadoria do navio tão inútil quanto as preces deles.

O sol surgiu no dia seguinte, brilhando sobre os restos do naufrágio.

A Inglaterra era uma nação marítima, e poderosos interesses mercantis em Londres, Liverpool e Bristol exigiram a construção de um farol no lugar. O custo e a escala, porém, eram imensos. Para proteger o Ponto de Virada, era preciso construir um farol no cabo Wrath.

Cabo Wrath. Posição na carta náutica: 58° 37,5' N, 5° O.

Vejam o terreno — o promontório tem 117 metros de altura, selvagem, imponente, impossível. Lugar de gaivotas e sonhos.

Houve um homem chamado Josiah Dark — e eis que ele aparece —, rico e famoso comerciante de Bristol. Era baixo, enérgico e genioso, e nunca tinha estado em Salts. No dia em que veio jurou nunca mais voltar. Preferia os cafés e as conversas na rica e tranqüila Bristol. Mas Salts teria de fornecer alimento e combustível para o guardião do farol e para sua família, além dos operários para a construção.

Assim, queixando-se muito e com grande relutância, Dark passou uma semana hospedado no único albergue, The Razorbill.

Era um lugar desconfortável: o vento gemia nas janelas, uma rede custava a metade do preço de uma cama, e a cama custava o dobro de uma boa noite de sono. A comida era carneiro montês com gosto de pau de cerca, ou uma galinha dura como um tapete, que vinha voando e cacarejando atrás do cozinheiro, que rapidamente lhe torcia o pescoço.

Todas as manhãs Josiah tomava uma cerveja, pois naquele lugar selvagem não havia café, enrolava-se bem apertado em sua capa, como um segredo, e subia o promontório do cabo Wrath.

Gaivotas, urias, papagaios-do-mar e outras aves das regiões árticas povoavam o promontório e, mais além, os rochedos de Clo Mor. Dark pensava em seu navio, o soberbo barco que afundara no mar escuro, e mais uma vez se lembrava de que não tinha herdeiros. Ele e a mulher não tinham conseguido ter filhos e os médicos diziam que infelizmente nunca os teriam. Mas queria ansiosamente um filho homem, como antes desejara ser rico. Por que será que o dinheiro é tudo quando não se tem, e não vale nada quando se tem muito?

Assim, a história começa em 1802, ou talvez comece realmente em 1789, quando um jovem, tão ousado quanto franzino, contrabandeava mosquetes atravessando o canal de Bristol até a ilha de Lundy, onde os partidários da Revolução na França iam buscá-los.

Antes ele acreditara na causa, e de certa forma ainda acreditava, mas seu idealismo o enriqueceu, o que não era seu objetivo. Pretendia fugir para a França com a amante a fim de morar na nova república livre. Iam ficar ricos porque todo mundo na França ia ficar rico.

Quando começaram os massacres ele sentiu nojo. Não tinha medo de guerras, mas os discursos inflamados e as boas intenções não tinham pedido aquele agitado mar de sangue.

Para fugir de seus próprios sentimentos, engajou-se num navio que seguia para as Índias Ocidentais e voltou com uma parcela de dez por cento dos lucros. Dali em diante, tudo o que fazia aumentava sua fortuna.

Agora morava na melhor casa de Bristol com uma linda esposa e não tinha filhos.

Ali, de pé, imóvel como uma coluna de pedra, uma enorme gaivota negra pousou em seu ombro, com as garras seguras na capa de lã. O homem não ousou se mover. Pensou, estranhamente, que o pássaro o levaria pelos ares como na lenda da águia e do menino. De repente, a gaivota abriu as asas imensas e voou diretamente para o mar, com as patas esticadas para trás.

De volta à hospedaria, deixou-se ficar calado à mesa do jantar, tanto que a dona começou a lhe fazer perguntas. Ele contou a história da gaivota e ela disse:

— Esse pássaro é um presságio. O senhor tem de construir seu farol aqui, como outros construiriam uma igreja.

Mas primeiro era preciso conseguir a autorização do Parlamento, depois a mulher dele morreu, ele navegou durante dois anos para se consolar, encontrou uma jovem e se apaixonou por ela, de sorte que se passaram 26 anos até que a construção pudesse começar.

O farol ficou pronto em 1828, no mesmo ano em que a segunda esposa de Josiah Dark deu à luz o primeiro filho.

Bem, para dizer a verdade, foi no mesmo dia.

A torre branca de pedras talhadas à mão e granito tinha 20 metros de altura e ficava 160 metros acima do nível do mar, no cabo Wrath. Custou 14 mil libras esterlinas.

— A meu filho! — bradou Josiah Dark quando a luz do farol foi acesa pela primeira vez, e naquele momento, em Bristol, a bolsa d'água de sua mulher se rompeu e nasceu um menino de pele azulada e olhos negros como uma gaivota. Deram-lhe o nome de Babel, como a primeira torre que existiu na história, embora alguns achassem o nome estranho para uma criança.

Desde a data do nascimento, quem cuidava do farol do cabo Wrath era a família Pew. O emprego ia passando de geração a geração, embora o Sr. Pew atual pareça ter sempre estado ali. É velho como um unicórnio e as pessoas têm medo dele porque não se parece com elas. Os semelhantes se atraem. As pessoas gostam de quem é parecido com elas, embora digam que isso acontece com os opostos.

Mas há pessoas que são diferentes, e pronto.

Eu sou parecida com meu cachorro. Tenho nariz pontudo e cabelos encaracolados. Minhas pernas dianteiras — isto é, meus braços — são mais curtas do que as traseiras — isto é, minhas pernas de verdade — e isso é uma simetria em relação a meu cachorro, que também é assim, só que ao contrário.

O nome dele é DogJim.

Pus uma foto dele ao lado da minha no quadro de avisos e me escondi atrás de uma moita quando as pessoas vieram para ler nossa descrição. Todos tinham pena, mas sacudiam as cabeças e diziam:

— Bem, que poderíamos fazer com ela?

Aparentemente ninguém me achava útil, e quando voltei ao quadro para escrever alguma coisa estimulante, vi que não conseguia encontrar uma utilidade para mim.

Desanimada, peguei o cachorro e saí caminhando, caminhando, caminhando pelo alto da falésia em direção ao farol.

A Srta. Pinch era muito boa em geografia, embora nunca tivesse saído de Salts. Mas descrevia o mundo de uma forma que não dava vontade de conhecê-lo. Recordei o que ela nos tinha ensinado sobre o oceano Atlântico...

O Atlântico é um oceano perigoso e imprevisível. É o segundo maior oceano do mundo, estendendo-se em forma de S das regiões árticas às antárticas, limitado a oeste pelas Américas do Norte e do Sul e pela Europa e África a leste.

A contracorrente equatorial separa o Atlântico Norte do Atlântico Sul. Na Grande Plataforma ao largo da Terra Nova, formam-se espessos nevoeiros no ponto em que a morna corrente do Golfo se encontra com a fria corrente de Labrador. Na parte noroeste do oceano, os icebergs *constituem um perigo ameaçador de maio a dezembro.*

Perigoso. Imprevisível. Ameaçador.

O mundo segundo a Srta. Pinch.

Mas ao longo de trezentos anos um colar de luzes de farol foi construído nas costas e ilhas desse *traiçoeiro* oceano.

Vejam este. Feito de granito, duro e imutável, tanto quanto o mar é fluido e volátil. O mar se move constantemente; o farol, nunca. Não oscila, não balança, nada tem do movimento dos barcos e do oceano.

Silencioso e taciturno como um ferrolho, Pew olhava através do vidro batido pela chuva.

Alguns dias depois, quando tomávamos o café-da-manhã em Railings Row — eu, torradas com manteiga e a Srta. Pinch arenque com chá —, ela me disse que fosse me lavar e me vestir e que juntasse tudo o que era meu.

— Vou para casa?

— Claro que não, você não tem casa.

— Mas não vou ficar aqui?

— Não. Minha casa não é adequada para crianças.

A Srta. Pinch merecia respeito — ela nunca mentia.

— Então, o que vai acontecer comigo?

— O Sr. Pew fez uma proposta. Ele vai ensinar você a cuidar do farol.

— Que é que eu vou ter de fazer?

— Não faço a menor idéia.

— Se eu não gostar, posso voltar?

— Não.

— Posso levar DogJim?

— Sim.

Ela não gostava de dizer *sim*. Era uma dessas pessoas para quem o *sim* sempre representava o reconhecimento de uma culpa ou fracasso. O *não* significava poder.

Poucas horas depois, de pé no quebra-mar batido pelo vento, eu esperava que Pew viesse me buscar no escaler remendado com alcatrão. Eu nunca tinha entrado no farol antes, e só tinha visto Pew quando ele subia a trilha para buscar seus suprimentos. A cidade já não tinha muito a ver com o farol. Salts não era mais um porto freqüentado por marujos que antes vinham em busca de lenha, comida e companhia. Era agora uma cidade oca, sem vida. Tinha seus rituais, seus hábitos e seu passado, mas nada do que ficara possuía vida. Anos antes, Charles Darwin a chamara de "cidade fóssil", mas por motivos diferentes. Ela era salgada e conservada pelo mesmo mar que a destruíra.

Pew se aproximou no escaler. O chapéu amassado lhe cobria o rosto. A boca era um hiato com dentes. As mãos nuas tinham cor arroxeada. Não se via mais nada. Era uma forma rude de ser humano.

DogJim rosnou. Pew o agarrou pela pele da nuca e o jogou no barco, e depois me fez sinal para trazer minha bolsa e embarcar.

O pequeno motor de popa nos fez balançar sobre as ondas verdes. Atrás de mim, cada vez menor, estava a casinha inclinada que nos havia expulsado, a mim e a minha mãe, talvez porque nunca nos tivesse querido lá. Eu não podia voltar. O único rumo era para diante, para o norte, para o mar. O rumo do farol.

*

Junto com Pew, subi lentamente a escada em espiral em direção ao alojamento, abaixo da Luz. Nada tinha mudado no farol desde que fora construído. Havia velas em todos os cômodos e lá estavam as Bíblias que Josiah Dark deixara. Fui colocada em um pequeno quarto com uma pequena janela e uma cama do tamanho de uma gaveta. Como eu não era muito maior do que minhas próprias meias, isso não tinha importância. DogJim teria de dormir onde pudesse.

No pavimento superior, acima de meu quarto, ficava a cozinha onde Pew fritava salsichas num fogão aberto, de ferro fundido. Acima da cozinha ficava o farol propriamente dito, um grande olho de vidro como o de um ciclope.

Cuidávamos da luz, mas vivíamos na escuridão. Era preciso manter aceso o facho de luz, mas não havia necessidade de iluminar o resto. A escuridão cobria tudo. Era assim mesmo. Minhas roupas ficavam marcadas pela penumbra. Quando eu punha o chapéu impermeável de marinheiro, a longa aba escurecia meu rosto. Quando tomava banho no pequeno cubículo que Pew preparara para mim, ensaboava meu corpo no escuro. Quando procurava uma colher numa gaveta, a primeira coisa que via era a escuridão. No armário, onde ficava a chaleira para preparar o chá Full Strength Samson, a prateleira era tão preta quanto a própria infusão.

Era preciso afastar ou romper a escuridão antes de nos sentarmos à mesa. O escuro ficava sentado nas cadeiras e fechava a entrada da escada como uma cortina. Às vezes tomava a forma das coisas que queríamos: uma panela, uma cama, um livro. Às vezes eu via minha mãe, escura e silenciosa, caindo em minha direção.

A escuridão era uma presença. Aprendi a ver no escuro, a olhar através dele, e aprendi a ver minha própria escuridão.

Pew não falava. Eu não sabia se ele era bom ou mau, nem o que pretendia fazer comigo. Ele tinha passado a vida inteira a sós.

Naquela primeira noite, Pew fritou as salsichas no escuro. Ou melhor, fritou-as *com* a escuridão. Era um escuro que tinha gosto. Foi isso o que comemos: salsichas e escuridão.

Eu sentia frio, estava cansada e meu pescoço doía. Queria dormir, dormir e não acordar nunca mais. Tinha perdido as poucas coisas que conhecia, e as que havia ali não eram minhas. Talvez isso não tivesse importância caso o que estava dentro de mim fosse meu, mas não havia onde lançar âncora.

Eram dois Atlânticos: um do lado de fora do farol e outro dentro de mim.

O que estava dentro de mim não tinha um colar de luzes para me guiar.

Começo, meio e fim — assim é que se deve contar uma história. Mas tenho certas dificuldades com esse método.

Poderia escolher o ano de meu nascimento, 1959. Ou então o ano da inauguração do farol no cabo Wrath e do nascimento de Babel Dark, 1828. Também podia ser 1802, o ano da primeira visita de Josiah Dark a Salts. Ou ainda 1789, ano em que Josiah Dark mandava armas para a ilha Lundy.

E que tal o ano em que fui morar no farol, 1969, que foi também o ano em que a nave Apollo desceu na Lua?

Gosto muito dessa data porque se parece com a de minha própria descida na Lua, aquela pedra desconhecida e deserta que brilha à noite.

Na Lua há um homem, na Terra uma criança. Cada criança finca aqui uma bandeira pela primeira vez.

Eis, portanto a minha bandeira: 1959, o dia em que a força da gravidade me puxou de dentro de minha nave-mãe. O trabalho de parto de minha mãe durou oito horas, e com as pernas abertas para o espaço ela parecia esquiar na vastidão do tempo. Enquanto isso eu vinha flutuando ao longo dos meses sem saber, girando lentamente em meu mundo sem peso. O que me despertou foi a luz, uma luz muito diferente do suave prateado e vermelho-noite que eu conhecia. A luz me chamou para que saísse; lembro-me disso como sendo um grito, embora você diga que foi o meu, porque para um bebê não há diferença entre si próprio e a vida. A luz era a vida. E a luz significava para mim o mesmo que significa para as plantas, rios e animais, para as estações do ano e para a Terra que gira.

Depois que minha mãe foi enterrada, um pouco da luz me deixou, e parecia adequado que eu fosse morar num lugar onde a luz era lançada para fora e não existia para nós. Pew era cego, e para ele não fazia diferença. Eu estava perdida, e por isso não me importava.

Onde começar? Se já é difícil na primeira vez, pior ainda é quando se deve começar de novo.

Feche os olhos e escolha outra data: 1º de fevereiro de 1811.

Foi nesse dia que um jovem engenheiro chamado Robert Stevenson terminou a obra do farol no rochedo Bell. Aquilo foi mais do que um começo para um farol: foi o início de uma dinastia. Onde está "farol", leia-se "Stevenson". Sua família construiu dezenas deles até 1934, e todos faziam parte da equipe: irmãos, filhos, sobrinhos, primos. Quando um deles se aposentava, outro era imediatamente indicado. Eles foram os Borgia da arte de cuidar dos faróis.

Josiah Dark foi a Salts em 1802 levando consigo um sonho, mas não tinha quem o construísse. Stevenson era ainda um aprendiz, procurando gente influente, cheio de energia, mas não tinha poder e nem um passado de sucessos. Começou como ajudante no rochedo Bell, e aos poucos tornou-se diretor do projeto que foi saudado como uma das "maravilhas modernas do mundo". Dali em diante, todos o queriam para construir faróis, mesmo onde não havia mar. Ele entrou na moda e ficou famoso. Isso ajuda.

Josiah Dark encontrou o homem que procurava. Robert Stevenson seria o construtor no cabo Wrath.

Todas as vidas têm peripécias e reviravoltas, e embora todos os Stevenson fossem construtores de faróis, um deles escapou, e foi justamente aquele que nasceu no momento em que Babel, filho de Josiah Dark, empreendia uma estranha peregrinação às avessas, tornando-se o pastor da igreja de Salts.

1850 — Babel Dark chega a Salts pela primeira vez.

1850 — Nasce Robert Louis Stevenson numa família de prósperos engenheiros civis — assim dizem os detalhes biográficos inocentemente anotados — e autor de *A ilha do tesouro, Raptado, O médico e o monstro*.

Os Stevenson e os Dark eram quase parentes, na verdade eram parentes mesmo, não pelo sangue mas pela ansiedade inquieta que distingue alguns homens dos demais. E o parentesco vinha de uma construção. Robert Louis foi a Salts, assim como ia visitar todos os faróis. Certa vez, ele disse: "Quando sinto cheiro de água salgada, sei que não estou longe de alguma obra de meus antepassados."

Robert Louis Stevenson conheceu Babel Dark quando foi a Salts e ao cabo Wrath, em 1886, pouco antes de morrer, e dizem que foi por causa de Dark e dos boatos a seu respeito que Stevenson começou a pensar na história de *O médico e o monstro*.

— Como era ele, Pew?

— Quem, menina?

— Babel Dark.

Pew puxou uma baforada do cachimbo. Para ele, qualquer coisa que significasse pensar tinha primeiro de passar pelo cachimbo. Ele puxava as palavras para dentro, assim como outras pessoas soltam bolhas de sabão.

— Ele era uma das colunas mestras da comunidade.

— Que significa isso?

— Você conhece a história de Sansão, na Bíblia.

— Não, não conheço.

— Então não teve uma boa educação.

— Por que não me conta a história sem começar a contar outra história?

— Porque não existe história que seja o começo de si própria, assim como uma criança não pode vir ao mundo sem ter pais.

— Eu não tive pai.

— Agora também não tem mãe.

Comecei a chorar. Pew ouviu e se arrependeu do que tinha dito, porque tocou meu rosto e percebeu as lágrimas.

— Essa é mais uma história — disse ele — e se você contar a si mesma como uma história ela não parecerá tão ruim.

— Conte-me uma história e não me sentirei sozinha. Conte a história de Babel Dark.

— Começa com Sansão — disse Pew, sem se perturbar — porque Sansão era o homem mais forte do mundo e uma mulher foi sua desgraça. Já vencido, cego e tosquiado como um carneiro, ficou de pé entre duas colunas e usou a força que lhe restava para derrubá-las. Pode-se dizer que Sansão era igual a duas colunas mestras da comunidade, porque quem sobe sempre acaba sendo derrubado, e foi isso o que aconteceu com Dark.

"A história começa em Bristol em 1848, quando Babel Dark tinha 20 anos e era rico e educado como qualquer um dos cavalheiros da cidade. Gostava de cortejar mulheres, embora fosse estudante de teologia em Cambridge, e todo mundo dizia que ele ia se casar com uma herdeira rica das Colônias e sucederia ao pai nos negócios como armador e comerciante.

"Assim deveria ter sido.

"Em Bristol morava uma moça bonita e todos na cidade falavam de seus cabelos ruivos e olhos verdes. O pai dela tinha uma loja, e Babel Dark costumava ir lá para comprar botões, fitas para alamares, luvas de pelica e gravatas, porque eu disse que ele gostava de se vestir elegantemente, não disse?

"Certo dia, um dia assim, parecido com este, com o sol brilhando e a cidade muito atarefada, o ar com gosto de uma boa bebida, Babel entrou na loja de Molly e passou 10 minutos examinando tecidos para culotes de montaria enquanto espiava com o canto dos olhos, esperando que ela acabasse de atender uma das moças Jessop, que queria comprar um par de luvas.

"Logo que a loja ficou vazia, Babel se aproximou do balcão e pediu alamares suficientes para os oficiais de um navio inteiro, e depois de comprar tudo, empurrou o embrulho para onde estava Molly, beijou-a nos lábios e convidou-a para um baile.

"Ela era tímida, e Babel era sem dúvida o rapaz mais bonito e rico que freqüentava o cais. Primeiro ela recusou, depois disse que sim, depois recusou novamente, e quando todos os votos 'sim' e os 'não' foram contados a unanimidade quase completa foi de que ela iria ao baile.

"O pai dele não desaprovou, porque o velho Josiah não era esnobe e seu primeiro amor tinha sido uma moça do quebra-mar, nos tempos da Revolução Francesa."

— Que quer dizer uma moça do quebra-mar?

— Uma pessoa que ajuda com as redes de pesca, com a bagagem dos viajantes e coisas assim, e no inverno raspa as conchas que ficam agarradas nos cascos dos barcos e marca as rachaduras que têm de ser calafetadas pelos pescadores. Bem, como eu dizia, não havia obstáculos para que os dois se encontrassem quando quisessem e o romance continuou, e depois, ao que se diz, e isso é um boato que nunca foi provado, Molly acabou ficando grávida e tendo uma filha sem estar legalmente casada.

— Como eu?

— Sim, exatamente.

— Deve ter sido Babel Dark.

— Isso foi o que todos disseram, e Molly também, mas Dark negou. Disse que não faria uma coisa assim e que a filha não era dele. A família dela pediu que ele se casasse e até mesmo Josiah falou com ele dizendo que não fugisse como um irresponsável e sim reconhecesse e se casasse com a moça. Josiah estava disposto a comprar uma casa agradável para eles e casar o filho rapidamente, mas Dark recusou tudo.

"Ele foi de novo para Cambridge no mês de setembro daquele ano e, quando voltou para casa na época do Natal, declarou a intenção de tornar-se eclesiástico. Estava vestido inteiramente de cinzento, sem qualquer vestígio dos coletes vistosos e das botas com barra vermelha. A única coisa dos tempos antigos que ainda usava era um alfinete de rubi e esmeralda muito caro, que tinha comprado quando começou o namoro com Molly O'Rourke. Tinha dado um igual para ela, para usar como broche.

"O pai ficou preocupado e nem por um minuto sentiu-se satisfeito com a explicação, mas tratou de fazer o melhor que pôde e chegou a convidar o bispo para jantar e tentar encontrar uma boa nomeação para o filho.

"Dark, porém, não quis saber de nada. Resolvera ir para Salts.

"'Salts?', disse o pai. 'Aquela pedra amaldiçoada por Deus e tomada pelo mar?'

"Mas Babel achava que aquele rochedo seria o seu começo, e realmente, quando era menino, seu passatempo favorito nos dias de chuva era pegar o álbum dos projetos feitos por Robert Stevenson para os alicerces, a coluna, o alojamento do faroleiro e especialmente os diagramas prismáticos do farol propriamente dito. O pai nunca o levara lá, e agora se arrependia. Uma semana no Razorbill sem dúvida resolveria aquele assunto para sempre.

"Bem, num dia horrível e chuvoso de janeiro, levando dois baús, Babel Dark embarcou num veleiro que partia de Bristol, passando diante do cabo Wrath.

"Muita gente foi se despedir dele, mas Molly O'Rourke não estava entre eles, porque tinha ido a Bath dar à luz a criança.

"O mar sacudia o navio, como uma advertência, mas o veleiro avançava e em breve começou a desaparecer no horizonte, mas ainda víamos Babel Dark de pé, enrolado em sua capa preta, contemplando o passado que abandonava para sempre."

— Ele ficou morando a vida inteira em Salts?

— Você pode dizer que sim, mas também pode dizer que não.

— Como assim?

— Pode, dependendo da história que estiver contando.

— Conte!

— Vou dizer o seguinte: que é que você acha que encontraram na gaveta dele, depois que ele morreu?
— Diga!
— Dois alfinetes de esmeralda e rubi. Não um só, e sim dois.
— Como foi que ele conseguiu o alfinete de Molly O'Rourke?
— Ninguém sabe.
— Babel Dark a matou!
— Foi esse o boato, sim, e mais do que isso.
— O que mais?

Pew curvou-se para mim, com a aba de seu chapéu de tempestade tocando a aba do meu. Senti suas palavras em meu rosto.

— Dizem que Dark nunca deixou de se encontrar com ela. Que os dois se casaram secretamente e que ele a visitava às escondidas usando outro nome, e ela também. E que um dia, quando o segredo ia ser revelado, ele a matou junto com outras pessoas.
— Mas por que não se casou legalmente com ela?
— Ninguém sabe. Há muitos boatos, muitos, mas ninguém sabe. Agora vá dormir enquanto eu cuido da luz.

Pew sempre dizia "cuidar da luz", como se fosse um filho seu que ele pusesse para dormir. Observei-o mexendo nos instrumentos de cobre, que ele conhecia perfeitamente pelo tato, ouvindo os estalidos nos mostradores que lhe diziam como estava a luz.

— Pew?
— Vá dormir.
— O que acha que aconteceu com a criança?
— Quem sabe? Era uma criança nascida por acaso.
— Como eu?

— Sim, como você.

Fui para a cama em silêncio, com DogJim a meus pés, porque era o único lugar que ele podia ocupar. Encolhi-me para me proteger do frio, com os joelhos sob o queixo, as mãos segurando os dedos dos pés. Estava de novo no ventre materno. De novo no espaço protetor, antes que começassem as perguntas. Pensei em Babel Dark e em meu pai, que era vermelho como um arenque. Isso é tudo o que sei a respeito dele — que tinha cabelos ruivos como os meus.

Uma criança nascida por acaso poderia imaginar que o Acaso era seu pai, assim como os deuses faziam filhos e depois os abandonavam, sem olhar para trás, mas deixando um pequeno presente. Fiquei pensando qual teria sido o meu presente. Não tinha idéia de onde procurar, e nem do que procurar, mas agora sabia que assim começam as viagens mais importantes.

Um Ponto Conhecido na Escuridão

Como aprendiz de guardiã do farol,
meus deveres eram os seguintes:

1) Fazer uma chaleira de chá Full Strength Samson e levar para Pew.
2) 8h: Levar DogJim para um passeio lá fora.
3) 9h: Fritar o bacon.
4) 10h: Lavar as escadas.
5) 11h: Mais chá.
6) Meio-dia: Limpar os instrumentos.
7) 13h: Costeletas e molho de tomate.
8) 14h: Aula – História dos faróis.
9) 15h: Lavar nossas meias etc.
10) 16h: Mais chá.
11) 17h: Passear com o cachorro e buscar mantimentos.
12) 18h: Pew faz o jantar.
13) 19h: Pew liga a luz. Eu observo.
14) 20h: Pew me conta uma história
15) 21h: Pew cuida da luz. Cama.

As melhores horas do dia eram as de número 3, 6, 7 e 8. Até hoje tenho saudade quando sinto cheiro de bacon e de Brasso.

Pew me contou como era Salts há muitos anos, quando salteadores atraíam os navios aos rochedos para roubar a carga. Os marinheiros exaustos procuravam desesperadamente uma luz, mas quando ela é falsa, tudo está perdido. Os novos faróis foram construídos para evitar essa confusão de luzes. Alguns tinham grandes fogueiras acesas nas plataformas, que queimavam sobre o mar como estrelas caídas. Outros usavam apenas 25 velas sob uma abóbada de vidro como a de um santuário, mas pela primeira vez os faróis passaram a constar das cartas marítimas. A segurança e o perigo foram mapeados. Bastava desenrolar o mapa e preparar a bússola; se o rumo estivesse correto, lá estariam os faróis. Qualquer coisa que brilhasse em outro lugar ou era uma armadilha ou uma isca.

O farol é um ponto conhecido na escuridão.

— Imagine — disse Pew — a tempestade empurrando você para estibordo, os rochedos ameaçando você a sotavento, e a salvação é uma única luz. A luz do porto, ou a luz de advertência, não importa: você navega em segurança. Quando amanhece, você ainda está viva.

— Eu vou aprender a preparar a luz?
— Sim, e a cuidar dela também.
— Ouço você falando sozinho.
— Não falo sozinho, menina, estou trabalhando.

Pew empertigou-se e me olhou com ar sério. Tinha olhos azuis opacos, como os de um gatinho. Ninguém sabia se ele sempre tinha sido cego, mas passara a vida inteira no farol ou no escaler, e as mãos eram seus olhos.

— Há muito tempo, em 1802 ou 1892, qualquer que seja a data, a maioria dos marinheiros não sabia ler ou escrever. Os oficiais liam os mapas, mas os marinheiros tinham seus segredos. Quando passavam por Tarbert Ness, pelo cabo Wrath ou pelo rochedo Bell, nunca pensavam nesses lugares como posições em um mapa, e sim como histórias. Cada farol tem uma história própria, mais de uma, e se você navegasse daqui até a América cada guardião de farol no caminho teria uma história para contar aos marinheiros.

Naquele tempo os marujos vinham à terra sempre que possível, e quando se alojavam na hospedaria, sempre queriam ouvir histórias depois de comer as costeletas, acender os cachimbos e passar o rum, e quem as contava era o guardião do farol, deixando um auxiliar ou a mulher para cuidar da luz. As histórias passavam de um a um, de geração a geração, circulando pelo mundo marinho e depois voltando, com outras roupagens, mas sempre a mesma. E depois que o guardião contava sua história, os marinheiros contavam as deles, ouvidas em outros faróis. Um bom faroleiro sempre sabia mais histórias do que os marinheiros. Às vezes havia competições, e um dos marujos gritava "Lundy" ou "Calf of Man", e você tinha de responder: "*Holandês Voador*" ou "*Vinte Barras de Ouro*".*

Pew ficou sério e em silêncio, seus olhos pareciam fitar um navio distante.

— Posso ensinar a você, a qualquer um, para que servem os instrumentos, e fazer a luz brilhar a cada quatro segundos como sempre, mas preciso ensinar você a conservar a luz. Sabe o que isso significa?

---

*Na ilha de Lundy há um penhasco de nome "Holandês Voador"; Calf of Man é uma ilhota ao sul da ilha de Man ligada a lendas marinheiras. (*N. do T.*)

Eu não sabia.

— As histórias. É isso que você precisa aprender. As que eu sei e as que eu não sei.

— Como posso aprender as que você não sabe?

— Conte-as você mesma.

Pew começou a falar dos marinheiros que cavalgavam as ondas e tinham afundado na morte até o pescoço, mas que encontraram uma última bolsa de ar, recitando a história como uma prece.

— Houve um homem perto daqui que se amarrou a um pedaço do mastro quando o navio afundou e ficou no mar durante sete dias e sete noites, e conseguiu manter-se vivo enquanto outros morriam afogados porque contava histórias a si mesmo, como um louco, sempre começando outra quando a primeira acabava. No sétimo dia já tinha contado todas as que conhecia e começou a contar a si próprio, como se fosse uma história, desde o começo de seus dias até sua desgraça verde e profunda. A história que contava era a de um homem perdido e depois encontrado, não uma, mas muitas vezes, procurando escapar das ondas que queriam tragá-lo. Quando a noite caiu, ele viu o farol do cabo Wrath, que tinha sido inaugurado apenas uma semana antes, e compreendeu que poderia salvar-se se pudesse passar a ser a história do farol. Com suas últimas forças começou a remar na direção da luz, com um braço de cada lado do mastro, e em sua cabeça a luz se transformou em uma corda brilhante que o puxava para si. Ele agarrou aquela corda, amarrou-a à cintura, e naquele momento o faroleiro o viu e correu para o escaler salva-vidas.

"Mais tarde, já convalescendo no Razorbill, contava a quem quisesse ouvir as histórias que tinha contado a si mesmo naqueles dias e noites passados no mar. Outros se juntaram a ele, e em breve descobriu-se que cada farol tinha uma história — ou melhor, que cada farol *era* uma história, e que os próprios jatos de luz eram histórias lançadas sobre o mar, como sinais e guias de auxílio e advertência."

Pousada no rochedo, cortada pelos ventos,

a igreja tinha capacidade para 250 pessoas sentadas, e estava quase cheia, com 243 almas, a população total de Salts.

Em 2 de fevereiro de 1850, Babel Dark pronunciou seu primeiro sermão.

O título era: "Lembra-te da pedra da qual foste esculpido, e do poço do qual foste tirado."

O dono do Razorbill ficou tão impressionado com esse sermão e com seu memorável texto que trocou o nome do estabelecimento. Daquele dia em diante deixou de ser o dono do Razorbill passando a proprietário do Rochedo e Poço. Por serem o que são, os marujos ainda continuaram usando o nome antigo durante sessenta anos ou mais, mas o nome agora era Rochedo e Poço, e assim a hospedaria é chamada até hoje, com o mesmo ar de abandono e introspecção, os mesmos tetos de vigas baixas, as mesmas redes de pesca penduradas, marcadas pelo sal e pelas algas como sempre.

Com recursos de sua fortuna pessoal, Babel Dark construiu uma bela casa com jardim murado, com todo o conforto possível. Em breve foi visto em animados debates bíblicos com uma senhora de família nobre do lugar, prima do duque de Argyll, uma exilada do clã Campbell por motivo de pobreza ou de algum outro segredo. Não era bonita, mas lia fluentemente em alemão e sabia um pouco de grego.

Casaram-se em 1851, o ano da Grande Exposição. Dark levou a esposa a Londres para a lua-de-mel e dali em diante nunca mais a levou a lugar algum, nem mesmo a Edimburgo. Ninguém sabia para onde ia aquele cavaleiro solitário, montado em uma égua preta, e ninguém o seguia.

Às vezes havia ruídos noturnos, apareciam luzes nas janelas da casa paroquial, ouviam-se gritos ou barulho de móveis ou objetos lançados, mas quando perguntavam a Dark, coisa que pouca gente fazia, ele dizia que era sua alma em perigo e que ele lutava por ela, como todos temos de fazer.

A mulher nada dizia, e quando o marido desaparecia por vários dias de cada vez ou era visto passeando pelos rochedos, vestido de preto, todos o deixavam em paz, porque ele era um homem de Deus e não aceitava outro juiz a não ser o próprio Deus.

Certo dia, Dark selou a montaria e desapareceu.

Passou um mês fora, e quando voltou mostrou-se mais suave, aliviado, porém com visível expressão de tristeza no rosto.

Dali em diante, as ausências de um mês passaram a ocorrer duas vezes por ano, mas ninguém sabia aonde ele ia, até que um homem de Bristol se hospedou no Razorbill, isto é, no Rochedo e Poço.

Era uma pessoa reservada, com os olhos muito juntos como se um espionasse o outro, e que tinha um jeito de bater rapidamente com o polegar no indicador quando falava. Seu nome era Price.

Certo domingo, depois de ir a igreja, Price ficou sentado diante da lareira com uma expressão de dúvida no rosto, e acabou confessando que se não tivesse visto Babel Dark antes, bem recentemente, nesse caso o demônio havia criado um sósia dele em Bristol.

Price afirmou ter visto Dark, com roupas muito diferentes, entrando em uma casa da região de Clifton, nos arredores de Bristol. Prestou atenção nele porque era alto, e por sua altivez. Nunca o vira com outra pessoa, sempre sozinho, mas jurava por sua tatuagem que era o mesmo homem.

— É um contrabandista — disse um de nós.

— Tem uma amante — disse outro.

— Não é da nossa conta — disse um terceiro. — Ele cumpre seus deveres aqui e paga suas contas generosamente. O que mais possa fazer é um assunto entre ele e Deus.

Os demais não se convenceram, mas como ninguém tinha dinheiro suficiente para segui-lo, nenhum de nós poderia verificar se a história de Price era verdadeira ou não. Mas o homem prometeu ficar vigilante, e avisar se voltasse a ver Dark ou seu sósia.

— E viu?

— Ora, claro, sem dúvida, mas isso não serviu para sabermos o que pretendia, e por que motivo.

— Você não estava aqui nessa época. Você ainda não tinha nascido.

— Sempre houve um Pew no farol do cabo Wrath.
— Mas não o mesmo Pew.
Pew ficou calado. Pôs os fones do rádio no ouvido e fez-me sinal para olhar o mar.
— O *McCloud* está passando ao largo — disse.
Peguei o binóculo e focalizei um elegante navio cargueiro, uma pequena faixa branca na linha reta do horizonte.
— Você não verá navio mais mal-assombrado do que este — disse Pew.
— Qual é a assombração?
— O passado — respondeu Pew. — Houve um brigue chamado *McCloud* há duzentos anos, e era um barco muito perverso. Quando a Marinha do Rei mandou afundá-lo, o comandante jurou que algum dia voltaria com seu navio. Nada aconteceu até que o novo *McCloud* foi construído, mas no dia do lançamento ao mar todos os que estavam no cais viram os mastros partidos e a quilha estragada do velho *McCloud* surgir no convés do novo navio. É um barco dentro de outro, e isso é verdade.
— Não é verdade.
— É tão verdade quanto o dia.
Olhei o *McCloud*, que corria rapidamente com suas turbinas, esbelto, controlado por computador. Como poderia transportar consigo os ventos do passado?
— É como uma daquelas bonecas russas — disse Pew —, um navio dentro do outro, e nas noites de tempestade pode-se ver o velho *McCloud*, pairando como uma gaze no convés superior.
— Você já viu?
— Embarquei nele e vi — disse Pew.
— Quando foi que você embarcou no novo *McCloud*? Estava no estaleiro em Glasgow?

— Eu não falei do novo *McCloud* — disse Pew.
— Pew, você não tem duzentos anos de idade.
— E isso é verdade — disse Pew, piscando os olhos como um gatinho. — Claro, isso é verdade.
— A Srta. Pinch diz que eu não devia ficar ouvindo as suas histórias.
— Isso é porque ela não tem o dom.
— Que dom?
— O dom da Segunda Visão, que recebi no dia em que fiquei cego.
— Que dia foi esse?
— Muito antes de você nascer, embora eu tenha visto você vindo pelo mar.
— Você sabia que era eu, eu mesma como sou agora, eu mesma?

Pew riu.

— Assim como conheci Babel Dark, ou alguém muito parecido comigo conheceu alguém muito parecido com ele.

Fiquei calada. Pew lia meus pensamentos. Ele tocou minha cabeça daquele modo estranho e leve que tinha, como uma teia de aranha.

— Esse é o dom. Quando perdemos uma coisa, achamos outra.
— A Srta. Pinch não diz isso. Ela diz que A Vida é um Progressivo Escurecimento em Direção à Noite. Bordou essa frase num quadrinho que fica acima do fogão.
— Bem, ela nunca foi do tipo otimista.
— O que é que você vê com sua Segunda Visão?
— O passado e o futuro. Só o presente é escuro.
— Mas é nele que vivemos.
— Pew não, menina. Uma onda se quebra, outra vem.

— Onde está o presente?
— Para você, menina, a seu redor, como o mar. Para mim, o mar nunca está calmo, está sempre mudando. Nunca morei em terra firme e não posso dizer como é. Só posso falar do que está passando e do que está vindo.
— O que está passando?
— Minha vida.
— E o que está vindo?
— A sua. Você é a guardiã que virá depois de mim.

Conte uma história, Pew.

Que tipo de história, menina?
Uma história com final feliz.
Isso não existe no mundo.
Um final feliz?
Um final.

Para acabar com aquilo,
Dark resolveu se casar.

A nova esposa era delicada, instruída, nada prepotente e o amava. Ele não tinha amor por ela, mas achava que isso era uma vantagem.

Ambos trabalhavam com dedicação em uma paróquia que vivia de aveia e peixe. Ele abriria seu próprio caminho, e se suas mãos sangrassem, tanto pior.

Casaram-se sem protocolo na igreja de Salts, e Dark imediatamente adoeceu. Foi preciso adiar a lua-de-mel, mas com extrema ternura e carinho a nova esposa preparava a refeição matinal com suas próprias mãos, embora tivesse uma empregada para isso.

Ele passou a detestar o passo hesitante na escada que subia a seu quarto, com vista para o mar. Ela carregava a bandeja tão devagar que ao chegar ao quarto o chá já tinha esfriado. Todos os dias pedia desculpas e ele dizia que não tinha importância, sorvendo dois ou três goles do líquido pálido. A mulher estava economizando folhas de chá.

Naquela manhã, Dark ficou na cama ouvindo o tilintar das xícaras na bandeja enquanto ela se aproximava lentamente. Deve ser mingau, pensou ele, pesado como um erro, e bolinhos recheados de passas que o acusavam enquanto os comia. A nova cozinheira, contratada por ela, fazia pão simples e não gostava de "fantasias", como dizia, embora ele não entendesse como uma passa podia ser fantasia.

Teria preferido café, mas café custava quatro vezes mais do que chá.

— Nós não somos pobres — disse à mulher, quando ela sugeriu que o dinheiro podia servir para assistência a uma causa mais nobre do que para o café-da-manhã.

Podia mesmo? Ele não tinha certeza, e sempre que via uma mulher merecedora de um chapéu novo ostentando-o na cabeça, o adorno lhe parecia fumegante e aromático.

A porta se abriu e ela sorriu, não para o marido e sim para a bandeja, porque estava concentrada. Ele pensou, irritado, que um artista da corda bamba que tinha visto no cais levaria a bandeja com mais graça e competência, até mesmo equilibrando-se em uma corda esticada entre dois mastros.

A mulher pousou a bandeja com a expressão costumeira de vitória e sacrifício.

— Espero que goste, Babel — disse, como sempre fazia.

Ele sorriu e tomou o chá frio.

Sempre. Não estavam casados por tempo suficiente para que houvesse um "sempre".

Eram jovens, virgens, frescos, sem hábitos. Por que motivo ele imaginava que havia estado para sempre naquela cama, enchendo-se aos poucos de chá frio?

Até que a morte nos separe.

Ele estremeceu.

— Você está frio, Babel — disse ela.

— Não, é só o chá que está frio.

Ela se sentiu ferida com a repreensão.

— Eu faço o chá antes de assar os bolinhos.

— Talvez fosse melhor fazer depois.

— Nesse caso, os bolinhos ficariam frios.

— Estão frios.

Ela pegou a bandeja.

— Vou preparar outro chá com bolinhos para nós.

Estavam tão frios quanto os primeiros. Ele não tocou mais no assunto.

Ele não tinha motivos para odiar a mulher. Ela não tinha defeitos e nem imaginação. Nunca se queixava e nunca ficava satisfeita. Nunca pedia nada e nunca dava nada — a não ser aos pobres. Era modesta, de maneiras discretas, obediente e cuidadosa. Era tão insípida quanto um dia no mar sem vento.

Em sua vida calma, Dark começou a provocar a mulher, inicialmente não por crueldade, mas para experimentá-la, talvez para descobri-la. Queria conhecer os segredos e sonhos dela. Não era homem que se contentasse em dar bom-dia e boa-noite.

Quando saíam para cavalgar, ele às vezes chicoteava o pônei dela com um golpe seco e o animal partia a galope, enquanto ela se agarrava à crina porque não era boa cavaleira. Ele gostava de ver a expressão de puro medo no rosto dela — finalmente um sentimento, ele pensava.

Levava-a para velejar nos dias em que Pew não teria coragem de aparelhar o barco de socorro. Dark gostava de vê-la encharcada e vomitando, suplicando que voltassem para o cais; e quando finalmente chegavam, com o barco meio inundado, ele declarava que o passeio tinha sido ótimo e a fazia caminhar para a casa de mãos dadas.

Na cama ele a virava de bruços, agarrando o pescoço dela com uma das mãos enquanto provocava a ereção com a outra, e depois a penetrava com um golpe rápido, como uma rolha de madeira no oco de um barril. Quando acabava, havia marcas dos dedos dele em seu pescoço. Nunca a beijava.

Quando ele a desejava, não exatamente por ela e sim, às vezes, porque ele era jovem, subia lentamente as escadas até o quarto dela, imaginando levar uma bandeja de bolinhos engordurados e um bule de chá frio. Abria a porta sorrindo, mas não para ela.

Quando já tinha terminado, sentava-se ao lado dela, mantendo-a junto a si, como fazia com o cachorro quando saía para caçar. No quarto gelado — ela nunca acendia a lareira — deixava que o sêmen esfriasse dentro dela antes de permitir que a mulher se levantasse.

Depois ia sentar-se em seu escritório, com as pernas estendidas em cima da mesa, sem pensar em nada. Havia aprendido a não pensar em absolutamente nada.

Nas tardes de quarta-feira os dois visitavam os pobres. Ele tinha horror àquilo: casas pequenas, mobília remendada, mulheres que consertavam roupas e redes com a mesma agulha e a mesma linha grossa. As casas cheiravam a arenque e a fumaça. Ele não entendia como era possível alguém viver daquele jeito. Teria preferido se matar.

A mulher ouvia com atenção histórias de falta de lenha e de ovos, gengivas doloridas, carneiros mortos, crianças doentes, e sempre se virava para ele, que olhava para fora de pé junto a janela, e dizia:

— O pastor dirá uma palavra de consolo.

Ele não se voltava. Murmurava alguma coisa sobre o amor de Jesus e deixava uma moeda na mesa.

— Você foi duro, Babel — disse ela, quando se afastavam.

— Quer que eu seja hipócrita, como você?

Foi a primeira vez que ele a agrediu. Não bateu só uma vez, mas muitas, gritando:

— Sua puta idiota, sua puta idiota, sua puta idiota!

Depois a deixou, inchada e ensangüentada, na trilha que subia o promontório e correu de volta à casa paroquial, entrando na copa, destampando a chaleira e mergulhando ambas as mãos na água fervendo, até os cotovelos.

Gritando, deixou-as ficar, enquanto a pele ia ficando vermelha e começava a se soltar e, com bolhas nos dedos e nas palmas das mãos, saiu e começou a rachar lenha até que as feridas sangrassem.

Durante várias semanas evitou chegar perto da mulher. Queria pedir desculpas, e realmente estava arrependido, mas sabia que iria fazer aquilo de novo. Não hoje nem amanhã, mas sabia que o ódio que sentia por ela, o ódio que sentia por si mesmo iam acabar explodindo novamente.

Nos fins de tarde ela lia a Bíblia para ele. Gostava de ler sobre os milagres, coisa que o surpreendia vindo de uma pessoa tão pouco milagrosa. Ela era como um recipiente qualquer, capaz de transportar coisas: bandejas de chá, bebês, uma cesta de maçãs para os pobres.

— Que maçãs são essas? — perguntou ele.

Ela tinha parado de ler e falava de maçãs.

— As que você trouxe e embrulhou em papel de jornal. Já é tempo de comê-las. Vou cozinhá-las e levá-las para os pobres.

— Não.

— Por que motivo?

— São da macieira de meu pai.

— Ela vai dar frutos outra vez.

— Não. Nunca mais.

A mulher ficou em silêncio por um momento. Percebia a agitação dele, mas não a compreendia. Começou a falar e depois parou. Pegou a lupa e recomeçou a ler a história de Lázaro.

Dark ficou pensando como seria ficar na tumba, sem ar e em silêncio, ouvindo vozes distantes.

"Assim como eu", pensou.

Como pode um homem transformar-se em sua própria morte, escolhê-la, aceitá-la, e não ter ninguém para culpar a não ser a si mesmo? Ele havia recusado a vida. Bem, nesse caso teria de tratar de aproveitar aquela morte da melhor maneira.

No dia seguinte começou a registrar tudo. Fez dois diários: o primeiro, um relato comportado e erudito da vida de um religioso na Escócia. O segundo, um arquivo estranho e mutilado de páginas esparsas, desordenado, não numerado, perfurado nos lugares onde sua pena mordera o papel.

Disciplinou-se, aguardando terminar de redigir o sermão para então tomar a capa de couro que continha as páginas manchadas, nas quais escrevia sua vida. Não era uma vida que as pessoas próximas pudessem reconhecer. À medida que o tempo passava, ele próprio já não se reconhecia.

Liberte-me, escreveu ele certa noite, mas para quem?

Quase sem saber o que fazia, resolveu levar a mulher para ver a Grande Exposição em Londres. Ela não tinha vontade de ir, mas achou melhor não contrariá-lo.

Inquilino do Sol

O brilho da lua embranquecia a noite.

Pew e eu estávamos no Razorbill, quer dizer, no Rochedo e Poço.

Não havia mais ninguém lá. Pew tinha uma chave da taverna, e gostava de ir beber nas noites de sábado, porque, como dizia ele, isso era o que os Pew sempre tinham feito. Até que eu fosse morar no farol, ele costumava ir sozinho, e bebia o rum de um barril que ficava atrás do bar, tão empoeirado que se você pusesse um copo em cima ele afundaria como um navio fantasma no nevoeiro.

Nas noites de sábado eu ganhava um pacote de biscoitos, embora a Srta. Pinch tivesse dito que isso poderia causar problemas, sem especificar que tipo de problema. Provavelmente o problema era eu.

Eu tinha estado com ela anteriormente naquele dia, quando ia empurrando nosso carrinho de carga pelo caminho esburacado até a cidade. Ela estendeu a mão para mim, como se fosse uma dessas garras de guindaste dos depósitos de ferro-velho. Disse que tinha ficado Decepcionada porque eu não aparecia na escola e que isso Prejudicaria meu Desenvolvimento. Imediatamente pensei num belo barco azul batido pelas ondas. Como eu poderia ser ao mesmo tempo o barco e as ondas? Era um pensamento muito profundo.

— Você não está prestando atenção no que digo — disse ela.

— Estou sim. Foi por causa da tempestade. Não conseguimos sair do farol.

— O capitão Scott não desanimou por causa do tempo — disse a Srta. Pinch. — Chegou ao Pólo Sul apesar da neve.

— Mas morreu no acampamento!

— E que importa a morte?

Eu não tinha idéia.

— Pegue isto — disse ela. — Pedi emprestado na Biblioteca Móvel.

Era um exemplar dos diários do capitão Scott.

Comecei a ler enquanto esperava Pew. *Não lamento ter feito esta viagem... Corremos riscos... Estas notas simples contarão a história.*

Olhei as fotos dos homens, perdidos naquela imensidão branca.

— Por que eles morreram, Pew?

— Perderam o ânimo, menina. Amundsen chegou primeiro, e quando tiveram de voltar, já não tinham forças para lutar. A gente nunca deve perder o ânimo.

— Nunca?

— Nunca.

A lua ia surgindo, cheia e brilhante, branca como o Pólo. A introdução dos diários me informou que Scott quis ir ao Pólo porque já não havia quase mais aventuras a fazer. Em 1913 praticamente o mundo todo já estava mapeado. Ninguém imaginava que em 1968 um homem iria à Lua.

— Você está sentindo? — perguntou Pew. — Eu sinto, assim como o mar também sente. Ela me atrai, como o mar. É assim que sei que vai cair uma tempestade.

Eu estava pensando no capitão Scott, preso naquele oceano deserto de neve, com a luz branca da lua no rosto, e pensava se ele jamais imaginara estar lá — num lugar frio como aquele, assim tão remoto, belo e improvável.

Já desligado da Terra, ele agora podia atiçar os cães numa ventania peluda, atravessando num halo 2 ou 3 quilômetros de gravidade para depois libertar-se, latindo para a lua, meio lobo, meio animal doméstico, correndo em busca do planeta branco que vira brilhando nos olhos cor de laranja dos cachorros, que corriam com as patas enterradas na neve.

Ninguém sabe o que acontece no fim da jornada. Ninguém sabe aonde vão os mortos.

Pew e eu estávamos na taverna, sentados lado a lado como sempre, olhando diretamente para a frente, como sempre. A eletricidade já tinha sido desligada havia muito. Você podia achar que estava num túmulo, mas Pew não.

*

— Todas as mesas ficavam cheias — disse Pew — e os homens se aglomeravam no bar.

"Às vezes o próprio Dark aparecia, e os homens abriam espaço para que ele se sentasse sozinho, aqui onde nós estamos agora, e a conversa secava como uma enseada na maré baixa, mas Dark não olhava para ninguém e não falava com ninguém.

"Trazia consigo a Bíblia, e sempre lia sua própria história — você não sabe, porque não teve boa instrução — mas era a história da primeira torre de Babel, no Livro do Gênesis.

"A torre era alta até a Lua, para que os que a construíram pudessem subir e ser iguais a Deus. Quando a torre desabou, os povos foram espalhados até os confins do mundo, e para eles as línguas uns dos outros eram tão incompreensíveis quanto as línguas dos peixes e dos pássaros.

"Um dia eu perguntei a ele: 'Por que está lendo essa história, reverendo?' Ele respondeu: 'Pew, tornei-me um estranho em minha própria vida.'"

— Ele disse isso, Pew?

— Disse, menina, e isso é tão certo quanto nós dois estarmos aqui hoje.

— Você não tinha nascido naquele tempo.

— Não?

— E não podia ter visto a Bíblia, porque você é cego.

Com Pew, a lógica nunca fazia efeito.

— Um estranho em sua própria vida, foi o que ele disse, com o fogo crepitando na lareira, os homens de costas para ele como uma muralha de mar, o nevoeiro do lado de fora, espesso como uma dúvida, a lua escondida, embora estivesse cheia. Babel Dark amava a lua, amava de verdade. Dizia que era a sua pedra deserta e às vezes dizia que podia ser feliz lá, pálido inquilino do sol.

— Ele disse isso?

— Pálido inquilino do sol. Nunca esqueci.

— Que idade você tem, Pew?

Pew ficou calado, bebendo seu rum em silêncio. Depois lavamos cuidadosamente o único copo que restava com a água fria da única torneira que restava, colocamos o copo na velha prateleira comida pelos cupins, a única que restava, e o deixamos lá, brilhando à luz da lua que atravessava a janela. Em seguida caminhamos lentamente pela trilha poeirenta de rochas vulcânicas, em direção ao farol.

A porta era o corpo dele.

Dark acordou do pesadelo de seu sono e entrou no pesadelo acordado.

Tinha sonhado com uma porta que se fechava sem cessar.

Acordou com a mão no estômago, os dedos tocando a ponta do membro ereto. Tirou a mão de sob os lençóis.

Ainda era cedo. Alguém no andar de baixo limpava a grelha da lareira.

Deixou que a mente vagasse por sobre o mar, imaginando Molly junto a si. Em Bristol, ele sempre acordava antes dela; exercitara-se para acordar primeiro, para que no momento inicial de seu dia pudesse olhá-la enquanto ela dormia. Gostava da sensação de retirar a mão de sob a coberta morna para o ar fresco do quarto. Em seguida passava a mão por sobre o contorno do rosto dela, sem tocá-la, mas sentindo maravilhado, sempre maravilhado, o calor que passava do rosto dela para sua mão no ar frio do quarto.

Às vezes ela abria a boca para respirar e ele sentia o hálito, como Adão deve ter sentido o sopro de Deus quando deu vida a seu corpo adormecido.

Mas era ela quem dormia. Naquela pequena morte, ele se curvava para acordá-la com um beijo, e ela abria os olhos, sonolenta, sorrindo para ele.

Ela sempre sorria para ele. E ele adorava aquilo.

Depois a tomava nos braços, escondendo o rosto em seu pescoço, tentando identificar todos os diferentes aromas dela. Ela estava limpa, mas cheirava a si mesma, assim como o feno novo ainda com as flores, e algo mais verde, mais nítido, como urtigas no feno cortado.

E maçãs, pensou ele, com a polpa branca e a leve cor rosada.

Da primeira vez que a encontrou, levou-a para colher maçãs no pomar do pai. Encostaram a escada na árvore, abriram uma manta no chão, ele em mangas de camisa, exibindo-se ao subir cada vez mais alto para colher as que ela apontava, as que estavam mais longe do alcance da mão.

Colheram quase todas as frutas da macieira, e à tarde, sob os galhos da árvore, separaram juntos as melhores para comer, as melhores para guardar, as que dariam boa geléia e as que tinham de ser cozinhadas rapidamente, cortando as partes escuras com uma faca afiada.

Ele a sentia tão perto de si que as mãos estremeciam levemente enquanto descascava e cortava. Ela percebeu, porque gostava das mãos dele — dedos longos e unhas quadradas.

Em certo momento a faca escorregou e ele cortou o dedo anular; ela tomou-lhe rapidamente a faca, cortou uma tira do vestido para estancar o sangramento.

Eles entraram para buscar água gelada. A cozinha estava vazia. Ela sabia o que fazer e, em pouco tempo, a ferida estava limpa e protegida.

— Dou um beijo, para melhorar — disse ela, curvando a cabeça como faz um passarinho para beber.

Olharam-se, sem se mover. Dark percebia a luz do sol nas lajes quadradas do chão de pedra, o brilho que atravessava o vidro espesso e salpicava as pupilas dos olhos dela, luzindo nela como se o sol lhe mostrasse uma porta secreta.

Ele estendeu a mão e tocou-lhe o rosto.

Dois dias depois fizeram amor.

Ela quis que fosse no escuro.

— Como se você trocasse de mulher — dissera, embora aquilo o inquietasse.

Pouco a pouco ele se aproximou da casa, onde não havia luz em janela alguma. Procurou o ferrolho com a ajuda dos dedos e da luz da lua, e ao entrar viu uma vela acesa à sua espera em um castiçal colocado no degrau inferior da larga escadaria de madeira. Tomou a vela e subiu lentamente. Não sabia para onde ir. Nunca tinha estado naquela casa antes.

Seus passos rangeram no patamar. Um camundongo que roía o lambri se assustou quando ele surgiu. No fim do corredor havia uma cômoda e dois retratos a óleo, de um homem e uma mulher. Junto à cômoda pensou ver uma porta aberta e dirigiu-se a ela.

— Babel?
— Sim.

O coração batia forte. Ele suava. Sentiu um aperto na virilha.

— Ponha a vela na cômoda.

Ele obedeceu e entrou no quarto às escuras, iluminado apenas por algumas brasas na lareira. O fogo devia ter estado aceso por muito tempo sem ser alimentado, para que esmorecesse sozinho.

Conseguiu ver a cama.

— Molly?

— Sim.

— Devo tirar a roupa?

— Sim.

Foi fácil tirar o paletó e o colete. Puxou o colarinho, rasgando-o no fecho. Os dedos pareciam grossos e desajeitados, impedindo-o de desabotoar as calças. Ele não praguejou nem falou. Lutou em silêncio com as roupas relutantes até ficar de camisa e meias. Em seguida dirigiu-se para a cama.

Ficou de pé, hesitante, sorrindo, aterrorizado. Molly ergueu-se, sentando-se com os cabelos caídos nos ombros e cobrindo os seios. De repente ele se sentiu contente com a escuridão.

Ela tomou a camisa dele, ajudou-o a puxá-la por cima da cabeça, e depois ficou olhando, diretamente para onde ele estava parado, ereto, pronto, incapaz de ocultar-se agora.

Ela tocou-lhe os flancos com ambas as mãos, descendo os dedos pelas nádegas e coxas, satisfeita com a firmeza de suas carnes e beijando-lhe o abdômen. Estava confiante e segura, enquanto ele transpirava de desejo e temor. Por que ela parecia tão segura de si? Ficou pensando, durante um momento, se seria o primeiro homem a apresentar-se a ela assim. Depois afastou esse pensamento e abraçou-a junto a si.

Fizeram amor.

Barriga contra barriga, boca contra boca, os pés dele por cima das batatas das pernas da mulher e cobertos pelos dela. As mãos dela lhe enlaçavam as costas. Acariciava-lhe as orelhas com os dedos, com os braços por cima de seus ombros, como as patas dianteiras de um cão. Podia sentir o aroma da excitação dela e curvou a cabeça para beijar-lhe as saliências da clavícula. Penetrou-a, colado a sua espinha, parecendo-lhe sentir todas as vértebras. Apertou-a contra si, subindo por dentro dela, até a boca, para que pudesse falar por ele. Ela disse seu nome — *Babel.* Subindo por dentro dela para deitar-se por trás de seus olhos e ver o mundo através dela. Contemplava-se a si mesmo pelos olhos dela — o pescoço, o peito, os olhos cheios de amor. Seria ele, através dos olhos dela? Delicado, ardente, um pouco hesitante, a pele sem marcas mas deixando-se encher dessa nova linguagem?

Ela o fez virar-se e sentou-se sobre ele. Tudo nele estava imóvel. Deixou que ela se movesse sobre si, e não entendeu quando ela tomou-lhe a mão e começou a tocar com o dedo polegar um ponto acima de onde ele a penetrava. Permitiu que ela lhe instruísse a mão, e mais tarde, deitada de costas, ela o instruiu novamente, desta vez com os outros dedos. Estava excitado, feliz, e quando ela finalmente adormeceu, ele se reclinou apoiado no cotovelo, descobrindo-a, acariciando-a, decorando o que havia aprendido.

Nesse momento, aquele pensamento voltou-lhe à mente, como um toque de sino no mar que se aproxima; um sino de advertência, de um navio que chega do nevoeiro. Sim, agora podia ver claramente.

Não tinha sido o primeiro amante dela.

Que outros amantes ela teria tido? Que outras camas haviam ardido em quartos escuros?

Ele não dormiu.

Conte a história, Pew.

Que história, menina?
A história do segredo de Babel Dark.
Era uma mulher.
Você sempre diz isso.
Há sempre uma mulher em algum lugar, menina; uma princesa, uma feiticeira, uma madrasta, uma sereia, uma fada madrinha ou uma mulher tão bela quanto malvada, ou tão bela quanto boa.
Essa é a lista completa?
Também há a mulher que a gente ama.
Quem é ela?
Isso é uma outra história.

A Grande Exposição

Por aqui, para ver a Serpente. Maravilhas do Oriente!

Era 1851, e estavam no Hyde Park.
Dark sentia-se como um morto que tivesse ressuscitado.
Gostava do barulho, da animação, dos vendedores de programas, de cartões-postais, das barracas informais, dos trapaceiros com *cachecóis* vermelhos, cheios de truques e conversa fiada. Havia prestidigitadores com cartas de baralho, malabaristas, árias de óperas italianas, desenhistas que inscreviam os nomes dos fregueses em gravuras do Palácio de Cristal em cores berrantes. Trens em miniatura puxavam vagões com bonecas, e mulheres vestidas de boneca vendiam violetas, pães ou a si mesmas. Camelôs ofereciam *o melhor, o mais fino, o único*, e moças passavam equilibrando-se nas mãos, com as pernas para o alto.

Havia cavalos arreados que puxavam barris de cerveja e um homem acompanhado por uma pantera apregoava o "Mistério da Índia"; tudo isso antes que tivessem entrado na fila do Palácio de Cristal para ver as maravilhas do Império.

Era a lua-de-mel de Dark e sua mulher, embora tivesse sido adiada porque ele adoecera imediatamente depois de se casar.

Agora estava recuperado, e aonde das roupas eclesiásticas era recebido com respeito aonde quer que fosse.

A mulher estava cansada — preferia a vida simples — e depois de arranjar uma cadeira para ela Dark foi buscar pastéis de carne de porco e limonada. A rainha tinha sido vista comendo esses pastéis, que imediatamente ficaram na moda. Ricos e pobres comiam pastéis de carne de porco por um *penny*.

Dark já tinha comprado a comida e equilibrava as garrafas de limonada quando ouviu alguém chamá-lo:

— Babel.

A voz era suave, mas penetrou-o nitidamente, como o corte de uma pedra preciosa lapidada, e uma parte dele se separou do resto; o que ficou por baixo era rude e sem acabamento.

— Molly — disse Dark, com tanta naturalidade quanto possível, mas a voz estava embargada. Ela estava vestida de verde, com os cabelos ruivos enrolados em trança. Tinha nos braços um bebê, que estendeu a mão para o rosto de Dark.

Dark hesitou, com sua carga de limonada e pastéis. Convidou-a a sentar-se por um momento com ele.

Ela concordou com um aceno.

Foram até algumas mesas sob palmeiras trazidas da Índia, estranhas e agressivas em Londres, como uma floresta primitiva. Sentaram-se em cadeiras de vime enquanto um garçom indiano de turbante na cabeça e faixa na cintura servia frango à Coroação* a uma família de comerciantes de Newcastle.

---

*Salada preparada com carne de frango desfiada, maionese, pedaços de abricó, molho de curry e outros temperos, com guarnição de agrião. (N. do T.)

— O bebê é...
— É saudável, Babel, mas é cega.
— Cega?

E ele voltou àquele dia terrível, quando ela tinha ido procurá-lo, suave e desamparada, e ele...

Ela tinha outro amante — ele sempre desconfiara. Tinha-a visto caminhar apressadamente à noite até uma casa do outro lado da cidade. Usava uma capa que lhe cobria o rosto, não queria ser vista.

Quando ela entrou, Dark olhou do lado de fora pela janela. Um homem jovem se aproximou. Ela abriu-lhe os braços. Os dois se abraçaram. Dark se afastou, com uma dor aguda martelando a cabeça. Sentiu seus temores lançarem âncora em suas partes mais delicadas. Era o mesmo medo que tinha se aproximado dele no nevoeiro.

Voltou à cidade. Não esperava poder dormir. Em breve começou a caminhar durante toda a noite. Não se lembrava de quando tinha dormido pela última vez.

Lembrava-se de que rira, achando que se nunca dormisse acabaria morrendo. Na verdade, sentia-se morto. Sentia-se franzino e vazio, como uma casca de concha. Olhou-se no espelho e viu uma ostra polida, desabitada, uma concha valiosa devido a sua superfície. Sempre se vestia bem.

Molly notou a mudança. Procurava agradá-lo, e às vezes ele conseguia esquecer, mas depois, quando se amavam, no momento em que estava mais nu, ele ouvia o sino novamente e sentia o navio fantasma, de velas rotas, aproximar-se cada vez mais.

Ele nunca contou que a havia seguido na noite em que se encontraram em uma hospedaria chamada Ends Meet e ela revelou que ia ter um filho, ele a empurrou e correu pela cidade trancando-se em seus aposentos, enrolado em velas de barco rasgadas.

Nas paredes de sua morada havia desenhos de projetos do farol do cabo Wrath feitos por Stevenson. O farol parecia uma criatura viva, de pé em sua base, como um cavalo-marinho, frágil, impossível, mas triunfante em meio às ondas.

— Meu cavalo-marinho — dizia Molly, quando ele nadava em direção a ela na cama, como se fosse um oceano de naufrágio e saudade.

A caverna no mar e o cavalo-marinho. Era um jogo entre os dois. Um mapa aquático do mundo. Estavam no começo dos tempos. Um lugar antes do dilúvio.

Ela viera até ele certo dia, suave, aberta, encontrando-o sentado imóvel diante do fogo que morria na lareira. Suplicou, e ele a esbofeteou, duas brasas vermelhas em seu rosto, depois bateu mais e mais, ela levantou os braços para defender-se, e...

Ela interrompeu os pensamentos dele ao falar.
— Veio de onde eu caí.

Ele olhou a criança que ria e fazia barulhos, sem enxergar, com as mãos no rosto da mãe, virando a cabeça para o lado de onde vinham os sons. Agora compreendia o que fizera, e teria dado a vida para poder agarrar o tempo e fazê-lo voltar atrás.

— Farei qualquer coisa que você pedir. Qualquer coisa.
— Nada nos falta.

— Molly... sou eu o pai dela?
— Ela não tem pai.

Molly levantou-se para partir. Babel ergueu-se de um salto, derramando a limonada. Ela segurava o bebê contra si, e a criança estava tranqüila, mesmo sentindo a inquietação da mãe.

— Deixe-me segurá-la.
— Para deixá-la cair?
— Pensei em você todos os dias depois que parti. E pensei em sua filha. Nossa filha, se você me disser que é.
— Eu já disse.
— Nunca pensei que fosse vê-la novamente.
— Nem eu pensei que veria você.

Ela fez uma pausa e ele a recordou naquela noite, naquela primeira noite, com o brilho pálido da lua na pele branca. Estendeu a mão. Ela recuou.

— Tarde demais, Babel.

Sim, tarde demais, e era culpa dele. Devia sair dali, sabia que a mulher o esperava. Devia ir embora naquele momento. Mas quando respirou fundo para retirar-se, perdeu a coragem.

— Passe este dia comigo. Só este dia.

Molly hesitou bastante tempo, enquanto a multidão caminhava à volta deles, e Dark, de cabeça baixa, sem ousar erguer os olhos, viu os reflexos nas pontas polidas de suas botas.

Ela falou como alguém muito distante. Alguém que fosse uma terra onde ele havia nascido.

— Só este dia, então.

Ele ficou radiante. Ela o alegrara. Tomou o bebê nos braços e segurou-o junto às máquinas que chiavam, próximo à suave tração das rodas. Queria que a menina ouvisse o bombear dos pistons, as pás atirando carvão e a água batendo no costado das grandes caldeiras de cobre. Pegou os dedinhos e passou-os por cima dos rebites de latão, funis de aço, engrenagens, rodas dentadas, uma buzina de borracha que trombeteava quando a criança o apertava entre as mãozinhas, sustentadas pelas de Dark. Queria criar para ela um mundo de sons, tão esplêndido quanto o mundo da visão.

Algumas horas mais tarde, viu Molly sorrir.

Já era tarde. A multidão se dirigia ao coreto. Dark comprou para a menina um ursinho mecânico feito de pêlo verdadeiro de animal. Passou-o no rosto dela, deu corda no brinquedo e o urso fez dois pratos de metal presos às patas dianteiras se chocarem.

Era hora de ir embora, sabia que já era hora, mas continuaram juntos, enquanto as pessoas que iam se retirando passavam por eles. E então, sem nada dizer, Molly abriu a bolsa e deu-lhe um cartão com seu endereço em Bath.

Beijou-lhe o rosto e voltou-se para ir embora.

Dark ficou olhando enquanto ela se afastava, como quem olha um pássaro no horizonte que somente você é capaz de ver, porque somente você o seguiu.

Ela desapareceu.

Bem tarde, agora. Sombras. Lâmpadas de gás acesas. O reflexo dele em todas as vidraças. Um Dark. Cem. Mil. Um homem aos pedaços.

Dark lembrou-se da mulher.

Abriu caminho pelas galerias até chegar ao lugar onde a deixara. Ela ainda estava lá, com a mãos juntas no colo, o rosto impassível.

— Desculpe — disse ele —, eu me atrasei.
— Atrasou seis horas.
— Foi.

Pew, por que minha mãe não se casou com meu pai?

Ela nunca teve tempo. Ele vinha e partia.
Por que Babel Dark não se casou com Molly?
Ele duvidou dela. Nunca se deve duvidar da pessoa amada.
Mas ela podia não estar dizendo a verdade.
Isso não importa. Você deve dizer a verdade.
Que significa isso?
Você não pode ser a honestidade de outra pessoa, menina, mas pode ser a sua própria.
Então, o que devo dizer?
Quando?
Quando amar alguém?
Deve dizê-lo.

Um estranho em sua própria vida,

mas não aqui, não com ela.

A casa que comprou em nome dela. A criança que adotou como sua; a filha cega, de olhos azuis como os dele, cabelos negros como os dele. Ele a amava.

Prometeu a si mesmo que voltaria sempre. Disse a Molly que o que começara como penitência tinha se transformado em responsabilidade. Não podia sair de Salts, não agora, não, não ainda, mas em breve, sim, muito breve. E Molly, que pedira para ir com ele, aceitou o que ele disse sobre a vida lá, que não seria uma vida adequada para a filha e nem para o segundo filho que esperava.

Não disse nada sobre a mulher que tinha em Salts nem sobre o filho que nascera lá, quase sem que ele notasse.

Abril. Novembro. Duas visitas por ano a Molly. Sessenta dias por ano no lugar onde havia vida, onde havia amor, onde a órbita de seu planeta particular encontrava o calor do sol.

Em abril e em novembro ele chegava meio congelado, quase sem falar, trazendo a vida remota dentro de si. Chegava à porta dela e caía para dentro; ela o levava para junto da lareira e conversava com ele, aparentemente durante horas, para mantê-lo consciente, para evitar que ele desmaiasse.

Sempre que a via ele sentia que ia desmaiar. Sabia que era devido ao repentino fluxo de sangue à cabeça e porque se esquecia de respirar. Sabia que eram um sintoma e uma causa comuns, mas também sabia que quando estava com ela, seu corpo ressecado, semi-paralisado, saltava para diante, em direção ao sol. Calor e luz. Ela era o calor e a luz para ele, em qualquer mês.

Em dezembro e maio, quando era hora de voltar, ele ainda trazia consigo a luz por algum tempo, embora a fonte tivesse desaparecido. Enquanto passavam os longos dias ensolarados, quase não percebia que as horas de luz iam ficando mais curtas, que a noite caía mais cedo, que às vezes de manhã já aparecia uma geada.

Ela era para ele como um disco brilhante, que o fazia girar ao redor do sol. Era circular, movida pela luz, agitada pelo equinócio. Era como as estações do ano, como o movimento, mas ele nunca a vira fria. No inverno, o calor dela se ocultava abaixo da superfície e aquecia seus salões suntuosos como na lenda do rei que tinha o sol no coração.

— Traga-me junto de você — disse ele. Era quase uma prece, mas como a maioria de nós ele rezava pedindo uma coisa e orientava a vida em outra direção.

Estavam no jardim, juntando as folhas. Apoiado no ancinho, ele olhou a menina tão pequena que engatinhava, tocando as folhas cujos contornos eram diferentes ao tato. Apanhou uma e apalpou-a também: era serrilhada, enrugada, muito diversa da folhagem do freixo ou do plátano, plana, do tamanho da palma da mão, ou do carvalho, com bolotas e ainda verde.

Ficou pensando em quantos dias teve na vida — em toda a sua vida —, e quando eles tivessem passado um a um, e quando estivesse novamente nu, sem as roupagens do tempo, as folhas seriam agrupadas numa pilha, na pilha de seus dias que apodreciam, ou ele ainda os reconheceria — aqueles dias de contornos diferentes que ele chamava de sua vida?

Pôs a mão em uma das pilhas. Um dia, outro dia — o dia em que levara Molly e a filha ao mar. Outro, quando tinham ido passear na praia e ele encontrara uma concha com a forma das espirais interiores da orelha. Mais outro, quando ele a esperava e a viu antes que ela o enxergasse, observando-a como somente os desconhecidos podem e os amantes anseiam.

E ainda outro, quando ele levantara o bebê muito acima do mundo e talvez pela primeira vez em sua vida não desejara nada para si.

Contou sessenta folhas e arrumou-as em dois grupos de trinta. Bem, havia 365 dias em um ano. Durante 305 ele não mais existiria.

Por quê? Por que tinha de viver daquela maneira? Tinha sido apanhado em uma mentira e a mentira o apanhara em uma vida. Tinha de cumprir sua pena. Sete anos, resolvera ele intimamente, quando Molly concordou em aceitá-lo de volta.

Depois partiriam da Inglaterra para sempre. Ele se casaria com ela. A mulher e o filho em Salts estariam bem amparados. Ele estaria livre. Ninguém nunca mais ouviria falar em Babel Dark.

Como foi que você nasceu, Pew?

Inesperadamente, menina. Minha mãe estava catando ostras na beira do mar quando um velhaco muito simpático se ofereceu para ler a sorte dela. Como essas coisas não aconteciam todos os dias, ela enxugou as mãos na saia e abriu a palma.

Ele via riqueza, ou uma casa maravilhosa, ou uma vida longa, ou um lar tranqüilo?

Não tinha certeza de nada disso, mas previu que uma criança iria nascer nove meses depois daquele dia.

Foi mesmo?

Bem, ela ficou muito desconcertada com isso, mas o velhaco bonitão assegurou-lhe que a mesma coisa acontecera com Maria, e ela deu à luz Nosso Senhor. Em seguida, deram um longo passeio pela praia, e depois ela se esqueceu dele. Finalmente, o vaticínio dele se realizou.

A Srta. Pinch disse que você veio do orfanato de Glasgow.

Sempre houve um Pew no cabo Wrath.

Mas não o mesmo Pew.
Bem, bem.

Como eu já não estava Progredindo, deixei que minha mente vagasse por onde quisesse. Saía remando em meu barco azul e recolhia histórias, como gravetos. Quando encontrava alguma coisa — um caixote, uma gaivota, uma mensagem em uma garrafa, um tubarão inchado boiando de barriga para cima, bicado e marcado, um par de calças, uma lata de sardinhas, Pew me perguntava qual era a história, e eu tinha de encontrá-la, ou inventá-la, enquanto conversávamos nas noites de mar revolto nas tempestades de inverno.

Um caixote! Jangada de um pigmeu que parte para a América.

Uma gaivota! Uma princesa aprisionada no corpo de um pássaro.

Uma mensagem numa garrafa. Meu futuro.

Um par de calças. Pertencentes a meu pai.

Lata de sardinhas. Essas nós comemos.

Tubarão. Dentro dele, opaca por causa do sangue, uma moeda de ouro. Presságio do inesperado. O tesouro enterrado está sempre ao alcance.

Quando Pew me mandava dormir, dava-me um fósforo para acender minha vela. No pequeno oval da chama do fósforo, ele pedia que eu dissesse o que estava vendo — um rosto de menino, um cavalo, ou um navio, e à medida que o fósforo ia queimando a história também queimava em meus dedos e desaparecia. Essas histórias nunca acabavam, sempre recomeçavam — o rosto de menino, cem vidas, o cavalo voador ou encantado, o barco navegando até o fim do mundo.

E então eu tentava dormir e sonhar comigo mesma, mas era difícil ler a mensagem na garrafa.

— Em branco — disse a Srta. Pinch, quando falei nela.

Mas não estava em branco. Havia palavras de verdade nela. Eu podia ver uma delas. Era AMOR.

— Isso é uma sorte — disse Pew. — É uma sorte encontrá-lo. É uma sorte procurá-lo.

— Você já amou alguém, Pew?

— Pew já amou sim, menina — disse ele.

— Conte a história.

— Tudo a seu tempo. Agora vá dormir.

E eu fui, com a mensagem da garrafa flutuando acima de minha cabeça. AMOR, estava escrito nela. *Amor, amor, amor*, ou seria um pássaro o que ouvi à noite?

O mistério de Pew era como o mercúrio.

Quando se tenta pôr o dedo nessa coisa sólida, ela se espalha em mundos separados.

Ele era somente Pew, um homem idoso com uma bolsa de histórias debaixo do braço, capaz de fazer as salsichas fritas criarem cascas duras como balas de arma de fogo, além de ser uma ponte brilhante por onde se podia passar, olhar para trás e não encontrar mais.

Era e não era — assim era Pew.

Havia dias em que ele parecia ter-se evaporado na névoa das ondas que batiam na base do farol, e outros em que ele era o próprio farol. Ali estava a torre, em forma de Pew, imóvel como Pew, coberta de nuvens, de olhos cegos, mas com uma luz que permitia enxergar.

DogJim estava dormindo no capacho feito de retalhos, como ele próprio. Eu tinha desprendido o grande sino de latão que usávamos para chamar o outro para as refeições ou para contar uma história, a fim de limpá-lo da maresia com um esfregão cortado de um velho casaco.

Tudo no farol era velho, menos eu, e Pew era a coisa mais velha de todas, se você conseguir acreditar nele.

Pew acendeu o fumo, segurando a cabeça do cachimbo com as duas mãos e erguendo os olhos quando o relógio naval, que só precisava de corda uma vez por semana, bateu nove horas.

— Babel Dark tinha uma vida dupla, menina, como eu disse. Construiu uma bela casa para Molly nos arredores de Bristol; não muito perto, mas suficientemente perto, como se tivesse de cortejar o perigo assim como cortejava a nova esposa. E era mesmo sua nova esposa, porque Dark se casou com ela na Cornualha, numa igreja do século XIII, talhada numa única rocha.

"Lembras-te da pedra de onde foste esculpido? Sim, mas ele se esquecera do poço.

"No sul, Dark usava o nome de Lux e falava com sotaque galês, porque sua mãe era do País de Gales e ele conhecia a melodia da fala.

"Lux gastava bem e vivia confortavelmente quando estava com Molly, e esta explicava aos curiosos que o marido tinha negócios de navegação que o obrigavam a estar fora a maior parte do ano, exceto nos dois meses de abril e novembro, quando voltava para ela.

"Ele lhe dera somente uma ordem: nunca segui-lo a Salts.

"Certo dia, uma mulher bonita chegou e hospedou-se no Razorbill — isto é, no Rochedo e Poço — dando o nome de Sra. Tenebris. Não disse a que vinha, mas foi à igreja no domingo, como seria normal para uma dama.

"Sentou-se no primeiro banco, vestida de cinza, e Dark subiu ao púlpito para fazer o sermão, cujo tema era: 'Fiz minha

Aliança no Céu como um Arco', referindo-se ao arco-íris depois do Dilúvio, quando Deus prometeu a Noé que não destruiria o mundo novamente — estou dizendo isso a você, Silver, porque você quase não lê a Bíblia.

"Bem, enquanto falava, e era eloqüente, de repente olhou para baixo e viu a dama de cinza. Os que estavam perto disseram que ficou mais pálido que um filé de linguado. Não gaguejou nem uma vez, mas suas mãos agarraram a Bíblia como se um demônio a quisesse arrancar.

"Logo que o culto terminou, ele não esperou para cumprimentar ninguém na porta da igreja, mas montou no cavalo e afastou-se.

"Foi visto perambulando pela borda da falésia com o cachorro, e muitos tiveram medo. Era o tipo de homem que tem um olhar capaz de amedrontar os outros.

"Passou-se uma semana, e no domingo seguinte a dama tinha desaparecido, mas deixou algo em Dark, e isso é verdade. Era possível ver o sofrimento em sua fisionomia. Ele costumava provocar os marinheiros por causa das tatuagens, mas agora quem estava marcado era ele.

— Era Molly?

— Claro, era ela, sem dúvida. Encontraram-se aqui no farol, neste mesmo quarto, ela sentada na cadeira em que estou agora, e ele caminhando para lá e para cá, com a chuva batendo no vidro como se tentasse entrar.

— Sobre o que falaram?

— Só ouvi parte da conversa, eu estava do lado de fora, naturalmente.

— Pew, você não tinha nascido.

— Bem, o Pew que já tinha nascido existia.
— Que foi que ela disse a ele?

Dark sentia a dor já conhecida, por trás dos olhos. Seu olhar era como grades de uma jaula e por trás dele havia um animal feroz e faminto. Quando as pessoas o olhavam sentiam-se excluídas. Ele não as excluía, apenas se trancava.

Abriu a pequena porta na base do farol e subiu a escada em espiral em direção à luz. Subia rapidamente os degraus íngremes, mas quase não perdeu o fôlego. Seu corpo parecia ir ficando mais forte à medida que perdia o controle sobre si mesmo. Costumava manter sempre o controle, até que dormisse, ou até que sua mente escapasse da jaula, como às vezes acontecia. Conseguia impedi-lo por pura força de vontade, assim como conseguia acordar quando queria, mandando os sonhos de volta para a noite e acendendo a lâmpada para ler. Tinha sido capaz de afastar tudo de si, e não se importava quando acordava exausto de manhã. Mas ultimamente não conseguia acordar daqueles sonhos. Pouco a pouco, a noite ia vencendo.

Entrou no quarto com passo firme. Hesitou. Parou. Molly estava ali, de costas para ele, e quando se voltou ele viu que a amava. Era muito simples: ele a amava. Por que motivo ele tinha complicado tudo?

— Babel...
— Por que você veio aqui? Pedi que nunca me seguisse.
— Queria conhecer sua vida.
— Não tenho vida, a não ser a vida com você.
— Você tem mulher e um filho.
— Tenho.

Fez uma pausa. Como explicar? Não tinha mentido para Molly — ela sabia que ele era o pastor de Salts. Nunca tinha achado necessário falar da mulher e do filho. Não tinha tido outros filhos. Será que ela não entendia?

— Que vai fazer agora?

— Não tenho a menor idéia.

— Eu te amo — disse ele.

As três palavras mais difíceis do mundo.

Ela roçou em seu corpo quando passou por ele e desceu lentamente as escadas. Ele ficou ouvindo até que a porta bateu, muito longe — no ponto mais baixo de sua vida, ao que parecia.

Depois começou a chorar.

Naquele dia, no farol,

ela tinha subido até onde ficava a luz, e em seu vestido cor de cobre e com os cabelos ruivos como o outono, parecia uma delicada alavanca entre os instrumentos que faziam girar e refletiam a lente.

Esse tinha sido o começo para Babel, pensou ela, a razão de sua existência, o momento de seu nascimento. Por que ele não conseguia ter a mesma firmeza e brilho?

Ela nunca dependera dele, mas o amara, o que era muito diferente. Tinha procurado absorver sua raiva e sua incerteza. Tinha usado o corpo como um fio terra. Tinha procurado trazê-lo para o chão. Em vez disso, tinha-o partido em dois.

Pensou em como seria se não tivesse aceitado encontrá-lo naquele dia, se não tivesse jamais dito seu nome, se o tivesse visto e se escondido na multidão, se tivesse ido para a galeria de ferro fundido e observado. Se não tivesse tratado do dedo ferido. Se não tivesse acendido a lareira no quarto frio.

De certa forma ele se parecia com o farol. Era solitário e alheio. Era arrogante, sem dúvida, e envolvido em si mesmo. Era escuro.

Babel Dark, a luz nunca se acendia nele. Os instrumentos estavam em seus lugares, bem polidos, mas a luz não se acendia.

Se ela não tivesse acendido a lareira no quarto frio...

Mas quando ela dormia ou estava a sós, quando as crianças ficavam tranqüilas, sua mente se estendia em torno dele, como o mar. Ele estava sempre presente. Era o ponto de navegação dela. Era a coordenada de sua posição.

Ela não acreditava no destino, mas acreditava naquele lugar rochoso. O farol, Babel, Babel, o farol. Ela sempre o encontraria, ele estaria lá e ela remaria até ele.

É possível deixar alguém e ficar com ele? Ela sabia que acontecesse o que acontecesse naquele dia, qualquer que fosse o rumo que tomassem, quer o deixasse ou o perdesse, isso quase não faria diferença. Ela se sentia como um personagem de uma peça ou de um livro. Havia uma história: a história de Molly O'Rourke e Babel Dark, um começo, um meio e um fim. Mas a história não existia, não podia ser contada, porque era feita de uma medida de fita, uma maçã, uma brasa ardente, um ursinho com um tambor, um mostrador de cobre, os passos dele nos degraus de pedra, aproximando-se mais e mais.

Dark abriu a porta.

Ela não se voltou.

Pew estava dormindo, e seus olhos eram como um barco distante.

Depois de levar o cachorro para passear e fazer a primeira chaleira de chá Full Strength Samson, sentei-me no terraço do andar onde ficava a luz e comecei a abrir a correspondência. Eu era encarregada do correio porque Pew não podia ler.

Havia as coisas normais — catálogos de instrumentos de cobre, casacos de oleado em oferta especial, roupa de baixo térmica da firma Wolsey, que tinha fornecido equipamento para a expedição do capitão Scott ao Pólo, em 1913. Marquei uma jaqueta marrom e ceroulas e abri o último envelope, que era comprido e branco.

Vinha de Glasgow. O farol ia ser automatizado dentro de seis meses.

Quando li a carta para Pew, ele se levantou com muita dignidade e jogou ao mar o resto do chá. As gaivotas gritavam, rondando o topo da Luz.

— Desde 1828 um Pew tem estado aqui.

— Vão dar muito dinheiro a você quando sair daqui. Chama-se "indenização por serviços prestados", e inclui "alojamento alternativo".

— Não preciso de dinheiro, menina. Preciso do que tenho. Escreva a eles e diga que Pew fica. Podem parar de me pagar, mas vou ficar onde estou.

Escrevi uma carta à Comissão de Faróis do Norte, e eles responderam com muita formalidade, que o Sr. Pew deveria partir no dia marcado e que não havia possibilidade de apelação.

Tudo aconteceu como sempre acontece: foi feita uma petição, os jornais publicaram cartas, a TV deu uma notícia curta, houve uma demonstração em Glasgow e depois do que se denominou um período de "consulta" a Comissão prosseguiu na execução de seus planos.

A Srta. Pinch veio nos visitar e perguntou o que eu pretendia fazer a respeito de meu Futuro. Falou nisso como se fosse uma doença incurável.

— Você tem um futuro — disse ela. — Temos de levar isso em conta.

Ela sugeriu que eu me candidatasse a uma vaga de treinamento para Bibliotecária Assistente Principiante, num curso prático de três meses. Advertiu-me para que não fosse demasiadamente ambiciosa, o que não era adequado ao sexo feminino, embora a profissão de bibliotecária o fosse. A Srta. Pinch sempre dizia sexo feminino, afastando de si as palavras ao máximo.

Meu futuro tinha sido o farol. Sem ele eu teria de começar de novo — outra vez.

— Há mais alguma coisa que eu possa fazer? — perguntei à Srta. Pinch.

— Muito improvável.

— Gostaria de trabalhar num navio.

— Isso seria um trabalho itinerante.

— Meu pai era tripulante de um navio.

— E veja o que aconteceu com ele.

— Não sabemos o que aconteceu com ele.

— Sabemos que ele era seu pai.

— Quer dizer que eu aconteci a ele?

— Exatamente. E veja como tudo tem sido difícil.

A Srta. Pinch aprovava a automatização. Os seres humanos a deixavam pouco à vontade. Tinha se recusado a assinar nossa petição. Dizia que Salts tinha de progredir com a época, o que me parecia estranho, porque ela nunca progredia — nem com a época e nem com nada mais.

Salts — cidade de casas abandonadas, batida pelo mar, sem navios, com a enseada cheia de sedimentos, e uma luz brilhante. Por que tirar a única coisa que tínhamos?

— É o progresso — disse a Srta. Pinch. — Não vamos tirar a luz. Só vamos tirar o Sr. Pew. Isso é muito diferente.

— Ele é a luz.

— Não seja tola.

Vi Pew levantar a cabeça, ao me ouvir.

— Algum dia os navios não terão tripulação, os aviões não terão piloto, as fábricas funcionarão com robôs e os computadores atenderão os telefones; que vai acontecer com as pessoas?

— Se os navios não tivessem tripulação quando seu pai apareceu, sua mãe não teria tido essa vergonha.

— E eu não teria nascido.

— Você não seria órfã.

— Se eu não fosse órfã, nunca teria conhecido Pew.
— Que diferença isso poderia ter feito?
— A diferença do amor.

A Srta. Pinch ficou calada. Levantou-se da única cadeira confortável, na qual sempre se sentava quando vinha nos visitar, e desceu as escadas em espiral como uma tempestade de granizo. Pew ergueu a cabeça ao ouvi-la partir, com o metal dos saltos dos sapatos batendo, as chaves tilintando, a ponta do guarda-chuva furando todos os degraus de pedra, até desaparecer em meio ao clamor de portas batendo e da bicicleta no quebra-mar.

— Você a ofendeu — disse Pew.
— Eu a ofendi por ter nascido.
— Bem, isso não pode ser considerado sua culpa. Nascer não é culpa da criança.
— É uma desgraça?
— Não lamente sua vida, menina. Ela passa depressa.

Pew levantou-se e foi cuidar da luz. Quando os homens e seus computadores chegassem para automatizar o farol, ela brilharia a cada quatro segundos como sempre, mas não haveria ninguém para cuidar dela e nem histórias a contar. Quando os navios passassem diante do farol, ninguém diria:

— O velho Pew está lá, contando suas histórias mentirosas, como sempre.

Quando a vida nos é tirada, resta somente a casca.

Fui deitar-me em minha cama de oito pés. À medida que eu ia crescendo, juntávamos uma extensão a minha cama, e os quatro pés se transformaram em seis, e os seis, em oito. Meu cachorro ainda tinha a mesma quantidade original.

Fiquei deitada, estendida na cama, olhando a única estrela visível pela pequena janela de meu quarto. *Basta conectar*. Como é possível fazer isso quando as conexões são interrompidas?

— Esse é o seu trabalho — tinha dito Pew. — Estas luzes ligam o mundo inteiro.

Conte uma história, Pew.

Que história, menina?
Uma que comece de novo.
Essa é a história da vida.
Mas será a história da minha vida?
Só se você a contar.

Um Lugar Antes do Dilúvio

Dark estava passeando com o cachorro pela trilha da falésia

e de repente o animal saiu correndo, latindo alto. Ele gritou, mas o cachorro estava perseguindo uma gaivota. O homem se zangou. Estava tentando se concentrar no problema que lhe ocupava os pensamentos: o sermão de Pentecostes para o domingo seguinte.

O cão sumiu da vista mas ele o ouvia ladrando ao longe. Percebeu que devia haver algo errado e correu pelo promontório, amassando os pedregulhos com as botas.

O cachorro tinha caído pela borda da falésia até uma saliência da pedra, a cerca de seis metros abaixo. Gemia de dar pena, erguendo a pata. O homem olhou, mas não parecia haver maneira de atingir a saliência, a não ser caindo. Ele não tinha como descer e nem como puxar o animal para cima.

Mandou que o cão sentasse; aliás, seria difícil para o animal fazer qualquer outra coisa, mas a ordem de certa forma organizou o caos. Fez o cachorro ficar sabendo que seu dono ainda estava no comando, e ajudou o dono a acreditar que ainda dominava a situação.

— Deita! — bradou ele. — Deita aí! — Choramingando um pouco, por causa da pata machucada, o cão obedeceu e o homem partiu rapidamente de volta à casa para trazer uma corda.

Não havia ninguém em casa. A mulher tinha saído. O filho estava na escola. A cozinheira dormia, descansando antes da chegada do bispo, que vinha jantar. Ele ficou satisfeito por não precisar explicar, não ter de se exasperar. Partilhar um problema significava duplicá-lo, pensava ele. As pessoas procuravam ajudar, mas na verdade o que faziam era se intrometer. Era melhor tratar de limitar os problemas, prendê-los como um cão raivoso. Lembrou-se do cachorro e deixou de lado outros pensamentos mais difíceis. Eram pensamentos só seus. Não contaria nada a ninguém, nunca. Guardaria consigo seu segredo.

Encontrou a corda no depósito. Colocou-a ao ombro. Pôs num saco um espigão pontudo de metal e um malho e pegou um arreio de pônei para puxar o cachorro. Depois refez seus passos, concentrando-se resolutamente na tarefa imediata, resistindo à fragmentação das idéias, um estado mental que se tornara costumeiro para ele. Muitas vezes tinha a impressão de que sua mente desmoronava. Somente por meio de muita disciplina conseguia encontrar a paz tranqüilizadora que antes era habitual. Paz de espírito — daria tudo para consegui-la novamente. Ele agora se esforçava para atingi-la, assim como exercitava o corpo lutando boxe.

Caminhava rapidamente, procurando não pisar nas papoulas que cresciam em cada trinca do pavimento. Nunca tinha conseguido cultivá-las em seu jardim, mas ali elas nasciam praticamente do nada. Poderia usar isso em seu sermão...

Pentecostes. Ele gostava da história do Graal chegando à corte do rei Artur na festa de Pentecostes. Adorava a história, mas ela o entristecia, porque naquele dia todos os cavaleiros tinham prometido encontrar novamente o Graal, mas a maioria se perdeu e até mesmo os melhores foram dizimados. A corte se dissolveu. A civilização foi destruída. E por quê? Por uma visão de sonho, inútil no mundo dos homens.

A história o empolgava.

Chegou à borda da falésia e olhou para baixo, procurando o cachorro. Ali estava ele, com o focinho entre as patas, completamente desanimado. Chamou-o, e o animal levantou repentinamente a cabeça, cheio de esperança. O homem era seu deus. Ele desejou também poder deitar-se e esperar a salvação com a mesma paciência.

— Mas ela não virá — disse, em voz alta; em seguida, temendo suas próprias palavras, começou a enterrar o espigão de ferro no chão, até dois terços de seu comprimento.

Quando se certificou de que suportaria seu peso, amarrou a corda cuidadosamente com um nó de marinheiro, pôs o arreio eqüino nos ombros e começou a descer como um alpinista pela face do rochedo até chegar à saliência. Olhou com ar de pena as botas arranhadas — na semana passada ainda eram novas, e ele as estava experimentando. A mulher iria censurá-lo pela despesa e pelo risco que correra. A vida não é mais do que despesa e risco, pensou ele, com uma leve esperança de consolo; embora a seu rebanho de almas ele falasse de consolo, ficava sem dormir até tarde, com outros pensamentos.

Desceu à saliência e afagou o cachorro, examinando a pata machucada. Não havia sangue, era mais provavelmente uma luxação. Ele a enfaixou firmemente, enquanto o animal o observava com seus profundos olhos castanhos.

— Vamos, Tristan. Vou levar você para casa.

De repente percebeu na parede da falésia uma longa fenda estreita, cujas bordas pareciam brilhantes, talvez de malaquita ou de minério de ferro, polidas pelos ventos de maresia. Curvou-se para a frente, passando os dedos pelas bordas irregulares e em seguida introduziu metade do corpo no hiato. O que viu o assombrou.

As paredes da cavidade eram inteiramente cobertas por fósseis. Dark distinguiu folhas de samambaias e cavalos-marinhos e encontrou marcas de pequenas criaturas desconhecidas. Tudo ficou de repente muito quieto; ele percebeu que havia perturbado alguma presença, que tinha chegado em momento impróprio.

Olhou em volta, nervosamente. Não havia ninguém ali, naturalmente, mas não pôde deixar de fazer uma pausa ao passar a mão sobre a superfície brilhante e frágil. Olhou a parede escura, manchada pelo mar, mas como poderia o mar haver chegado até ali? Pelo menos não desde o Dilúvio. Ele sabia que a terra tinha 4 mil anos, segundo a Bíblia.

Apertou os fósseis com as pontas dos dedos, sentindo-os como curvas da parte interior de um ouvido, ou de... não, não pensaria nisso. Tratou de pensar em outra coisa, mas seus dedos ainda se moviam, tateando os contornos macios daquele mosaico de formas. Pôs os dedos na boca e sentiu gosto de mar e sal. Estava provando o travo do tempo.

E então, sem motivo algum, sentiu-se sozinho.

Dark tirou do bolso o canivete e escarafunchou um trecho da parede. Extraiu um antigo cavalo-marinho, colocou-o no bolso e voltou ao cachorro.

— Calma, Tristan — disse, prendendo-o no arreio. Quando o viu firme, amarrou a corda a um anel em forma de D no meio das tiras de couro e rapidamente içou seu próprio corpo para o topo da falésia. Depois deitou-se de bruços e começou a içar o cão, até conseguir agarrá-lo pela pele do pescoço, ajudando-o a galgar a borda do barranco.

Estavam ambos exaustos, ofegantes, e ele tinha se esquecido de trazer água.

Rolou o corpo, deitando-se de costas, vendo as nuvens que corriam pelo céu e apalpando no bolso o cavalo-marinho. Pretendia mandá-lo para a Sociedade de Arqueologia e relatar seu achado. Mas ao pensar nisso, percebeu que queria ficar com ele. Queria isso mais do que qualquer outra coisa, e assim, para grande surpresa de seu cão, desceu novamente pela corda e retirou outro pedaço eloqüente de rocha. Esses fragmentos eram como as tábuas de pedra dadas a Moisés no deserto. Contavam a história de Deus e do mundo. Eram sua lei inviolável, a criação do mundo conservada em pedra.

Ao chegar em casa sentiu-se melhor, mais leve, e jantou com prazer em companhia do bispo. Mais tarde, no estúdio, embrulhou o segundo fóssil e mandou o cavalariço levá-lo à

Sociedade Arqueológica. Amarrou no pacote uma etiqueta de papelão, com a data e o lugar do achado.

Salts nunca tinha visto nada igual. Em duas semanas dezenas de paleontólogos já tinham se hospedado no Rochedo e Poço, ocupando quartos em casas de tias solteironas, dormindo em camas improvisadas na casa paroquial e disputando na sorte uma noite mal acomodados em uma tenda na beira da falésia.

O próprio Darwin foi examinar a caverna. Confessou seu embaraço devido à falta de provas fósseis que comprovassem suas teorias. Os adversários de *A origem das espécies* queriam saber por que motivo algumas espécies não pareciam ter evoluído. Onde estaria a chamada "escada fóssil"?

— O período cambriano é muito pouco satisfatório — disse ele a seus colegas.

A caverna parecia abrir todos os tipos de possibilidades. Como se fosse uma despensa, estava cheio de trilobitos, amonitos, ostras de conchas onduladas, braquiópodes, estrelas frágeis em longas hastes, e embora parecesse que todas essas coisas somente pudessem ter sido depositadas ali por algum terrível dilúvio como o de Noé, o homem que tinha no bolso o cavalo-marinho se sentia infeliz.

Passou muito tempo ouvindo as vozes que falavam animadamente sobre o começo do mundo. Sempre acreditara em um sistema estável, criado por Deus e depois disso deixado em paz. Não desejava que as coisas estivessem eternamente em movimento e mudança. Não queria um mundo partido, e sim algo esplêndido, magnífico e constante.

Darwin tentou consolá-lo.

— Esse mundo pelo qual o senhor me culpa não é menos maravilhoso, belo ou grandioso. É simplesmente menos confortável.

Dark encolheu os ombros. Por que motivo Deus teria feito um mundo tão imperfeito que precisasse sempre estar consertando a si mesmo?

Isso o fazia ficar enjoado. Ele próprio provocou a náusea, adernando violentamente de um lado para o outro, sabendo que toda a sua luta era para conseguir manter-se no controle, quando as mãos ficavam exangues por agarrar-se com tanta força.

Se o movimento dentro dele era igual ao movimento do mundo, como poderia jamais equilibrar-se? Tinha de haver um ponto estável em algum lugar. Ele sempre se agarrara à natureza imutável de Deus é à firme confiabilidade da criação divina. Agora se via diante de um Deus incerto, que tinha feito um mundo a fim de se divertir vendo como ele iria se desenvolver. Teria feito o Homem da mesma maneira?

Talvez não existisse Deus algum. Dark riu alto. Talvez, como sempre havia suspeitado, ele se sentisse solitário por estar sozinho.

Lembrou-se de seus dedos nas espirais vazias dos fósseis. Lembrou-se de seus dedos no corpo dela. Não, não devia lembrar-se disso, nunca. Fechou com força os punhos.

Com Deus ou sem Deus, parecia não haver em que se agarrar.

Sentiu o cavalo-marinho no bolso.

Tirou-o e girou-o entre os dedos. Pensou no pobre cavalo-marinho macho que levava os filhotes na bolsa antes que a subida da água o tivesse preso à rocha para sempre.

Presa à rocha. Ele gostava daquele hino. *Tua âncora será capaz de suportar as tempestades da vida?* Cantou-o para si mesmo: *Temos uma âncora que sustenta e firma a alma enquanto as nuvens rolam. Presa à rocha que não se move, alicerçada firme e profundamente no amor do Salvador.*

Presa à rocha. Pensou em Prometeu, acorrentado à montanha por haver roubado o fogo dos deuses. Prometeu, cuja tortura durante o dia era ter o fígado devorado por uma águia, e cuja tortura noturna era sentir que o órgão voltava a crescer, e a pele nova era fina e delicada como a de uma criança.

Presa à rocha. Assim dizia o lema da cidade de Salts: uma vila marítima, uma vila de pescadores, onde todas as esposas e marinheiros tinham de acreditar que as ondas imprevisíveis podiam ser dominadas por um deus confiável.

E se a onda imprevisível fosse Deus?

O homem tinha tirado as botas e deixado as roupas cuidadosamente dobradas sobre elas. Estava nu e queria caminhar lentamente em direção ao alto-mar e nunca mais voltar. Levaria somente uma coisa consigo: o cavalo-marinho. Ambos nadariam juntos ao longo dos tempos, a um lugar antes do dilúvio.

Foi nosso último dia como nós mesmos.

Eu tinha acordado cedo para fritar o bacon. Enquanto fritava, levei a caneca de Full Strength Samson para Pew, cantando enquanto caminhava: *Tua âncora será capaz de suportar as tempestades da vida?*
— Pew! Pew!
Mas ele já tinha se levantado e saído, levando DogJim consigo.
Procurei por ele em todo o farol e depois vi que o escaler não estava lá, e nem a caixa das coisas do mar. Devia ter polido os instrumentos de cobre, porque o Brasso e as flanelas não tinham sido guardados e tudo brilhava, cheirando a trabalho árduo.
Corri para cima, até a Luz, onde ficava o nosso telescópio, usado para identificar os navios que não chamavam pelo rádio. Pensei que poderia ver Pew em seu barco, ao largo. Mas não havia ninguém. O mar estava deserto.
Eram sete da manhã e ao meio-dia os funcionários viriam ao farol. Achei melhor ir embora logo, e deixá-lo como eu sem-

pre o conhecera, gravando-o firmemente na memória, onde não podia ser destruído. Para que vê-los desmantelando o equipamento e fechando nossa morada? Comecei a fazer uma mala com minhas coisas, que não eram muitas, e foi então que vi a caixa de metal na cozinha.

Sabia que Pew a tinha deixado para mim, porque pusera uma moeda de prata em cima dela. Ele não podia ver, nem ler e escrever, mas conhecia as coisas pelas formas. Minha forma era a de uma moeda de prata.

Pew guardava chá e fumo naquela caixa. O chá e o fumo ainda estavam lá, em bolsas de papel, e debaixo delas havia maços de notas, aparentemente as economias de toda a vida dele. Mais abaixo havia moedas mais antigas, *soberanos*, *guinéus*, moedas de prata de seis *pence* e outras de três, já esverdeadas. Além do dinheiro, uma luneta antiga num estojo de couro e vários livros.

Tirei-os. Duas primeiras edições: *A origem das espécies*, de Charles Darwin, 1859, e *O médico e o monstro*, 1886. Os outros eram livros de notas e cartas que tinham pertencido a Babel Dark.

Diversos desses livros de notas, bem encadernados em couro, continham uma escrita à mão em letras pequenas e desenhos de flores e fósseis — o diário da vida de Dark em Salts. Embrulhado em papel havia uma capa de couro arranhado, com as iniciais BD gravadas num canto. Soltei a fita marrom e uma pilha de papéis desarrumados caiu a meus pés. A letra era grande e insegura. Havia desenhos dele próprio, sempre com os olhos esbugalhados, e aquarelas em papel enrugado, representando uma bela mulher, sempre meio de lado.

Eu queria ler tudo, mas não tinha tempo.

Bem, nesse caso aquele passado teria de ser levado para o futuro, porque o presente desabara debaixo de mim, como uma cadeira defeituosa.

O relógio que só precisava de corda a cada semana ainda funcionava, mas eu tinha de partir.

Desenrolei um mapa de Bristol que tinha pertencido a Josiah Dark, em 1828. Tinha manchas de rum nos lugares em que ele descansou o copo. No cais da cidade havia uma hospedaria chamada Ends Meet.

Talvez Pew tivesse ido para lá.

Um lugar antes do Dilúvio.

Terá existido um lugar assim? A história da Bíblia é simples: Deus destruiu o mundo perverso e somente Noé e sua família se salvaram. Após quarenta dias e quarenta noites a arca pousou no monte Ararat, e quando as águas do dilúvio começaram a baixar, ela ficou lá no alto.

Imaginem: a prova de um momento impossível. Encalhada como um ponto da memória além do tempo. Isso não poderia ter acontecido, mas aconteceu: vejam, aqui está o navio, absurdo, grandiloqüente, parte milagre, parte loucura.

É melhor pensar em minha vida dessa forma — parte milagre, parte loucura. É melhor que eu me conforme em não poder controlar nenhuma das coisas que realmente são importantes. Minha vida é uma trilha de naufrágios e velas enfunadas. Não há chegadas nem destinos, somente bancos de areia e naufrágio, e depois outro barco, outra maré.

Conte uma história, Silver.

Que história?
A história do que aconteceu depois.
Isso depende.
De quê?
De como eu contar.

Novo Planeta

Esta não é uma história de amor, mas o amor está nela. Isto é, o amor está do lado de fora, procurando um jeito de entrar.

Estamos aqui, ali, nem aqui nem ali, girando como partículas de pó, exigindo para nós os direitos do universo. Ser importantes, ser nada, ser capturados nas vidas que nós mesmos fizemos e que nunca quisemos. Escapando, tentando outra vez, imaginando por que motivo o passado nos acompanha, pensando em como falar do passado.

Há um guichê na Grand Central Station, em Nova York, onde você pode gravar sua vida. Você fala. Ele grava. É o confessionário moderno, sem padre, somente sua voz no silêncio. O que você foi fica digitalmente gravado para o futuro.

Você tem quarenta minutos.

Então, o que você diria nesses quarenta minutos — quais seriam suas decisões no leito de morte? Que parte de sua vida afundaria sob as ondas, e que parte seria como o farol, chamando-o para o abrigo?

Dizem que não devemos privilegiar uma história em prejuízo de outras. Todas as histórias têm de ser contadas. Bem, isso talvez seja verdade, talvez todas as histórias mereçam ser ouvidas, mas nem todas merecem ser contadas.

Quando olho para trás, pela extensão de água a que chamo minha vida, vejo-me no farol com Pew, ou no Rochedo e Poço, ou numa parede de falésia achando fósseis que foram outras vidas. Minha vida. A dele. Pew. Babel Dark. Todos nós juntos, numa maré, atraídos pela lua, o passado, o presente e o futuro no quebrar de uma onda.

Aqui estou, caminhando na fímbria de minha transformação em adulta, depois veio o vento e me impeliu para longe, e já era tarde para gritar por Pew porque ele já tinha sido levado pelo vento também. Eu teria de crescer sozinha.

Foi o que fiz, e as histórias que quero contar esclarecerão uma parte de minha vida, deixando o resto na sombra. Você não precisa saber tudo. Não existe um *tudo*. As próprias histórias são o significado.

A narrativa contínua da existência é uma mentira. Não existe narrativa contínua, e sim momentos iluminados, e o resto é escuridão.

Quando você olha com atenção, vê que o dia de 24 horas está contido em um momento; o instantâneo do mundo palpitante da anfetamina. Aquela mulher — uma *pietà*. Aqueles homens — anjos rudes que trazem uma mensagem desconhecida. As crianças de mãos dadas por sobre o tempo. E em todos os instantâneos há uma história, a história que conta tudo o que você precisa saber.

Aí está: a luz sobre a água. Sua história. A minha. A dele. É preciso ver para crer. E ela tem de ser ouvida. No infinito tagarelar da narrativa, apesar do ruído diário, a história espera para ser ouvida.

Algumas pessoas dizem que as melhores histórias não têm palavras. Essas pessoas não aprenderam a cuidar dos faróis. É verdade que as palavras desaparecem, e que as coisas mais importantes muitas vezes ficam sem serem ditas. Aprendemos as coisas importantes nos rostos, nos gestos, e não em nossas línguas trancadas. As coisas verdadeiras ou são grandes demais ou pequenas demais, e de qualquer forma são sempre inadequadas para caber no molde chamado linguagem.

Eu sei disso. Mas também sei outra coisa, porque tive o aprendizado de Guardiã do Farol. Se reduzirmos o ruído cotidiano, surge inicialmente o alívio do silêncio. E depois, muito silenciosamente, mudo como a luz, o significado volta. As palavras fazem parte do silêncio que pode ser falado.

Driblando caminhões do tamanho de encouraçados, descobri que a taverna Ends Meet tinha sido substituída por uma coisa chamada Holiday Inn. Nas histórias de Pew, qualquer marinheiro normal sempre pedia uma rede, que custava a metade do preço de uma cama, mas como não havia redes no Holiday Inn eu acabei concordando com um quarto e uma cama de solteira.

Ao perguntar por Pew, a recepcionista informou que não havia nenhum hóspede com esse nome, mas que um homem *diferente* — foi essa a palavra que usou, "diferente" — tinha chegado com um cachorrinho e pedido um quarto. Não tinha sido possível atendê-lo porque a) o hotel não tinha instalações para animais e b) os dobrões já não eram moeda corrente na zona do euro.

— Para onde ele foi? — perguntei, ansiosa e excitada.

Ela não sabia, mas eu tinha certeza de que algum dia ele iria me procurar.

Resolvi seguir o conselho da Srta. Pinch e arranjar um emprego. Guardaria o dinheiro de Pew para quando ele precisasse.

Na manhã seguinte, depois de tomar banho e de me vestir, olhei-me no espelho do quarto pensando se deveria usar o casaco de oleado ou não. Era amarelo e grande demais. E embora eu nunca tivesse pensado nisso no farol, de alguma forma o Holiday Inn me fazia prestar atenção em mim mesma. Segundo Pew, Bristol era uma cidade de marinheiros, mas na véspera eu era a única pessoa no shopping que usava casaco de oleado.

Em vez disso, vesti uma blusa por cima da outra.

Apresentei-me na biblioteca, ansiosa e disposta, mas a bibliotecária disse que eu não tinha experiência nem a escolaridade necessárias.

— Não posso simplesmente arrumar os livros na estante?

— Não é isso o que fazemos.

Olhei em volta. As prateleiras estavam cheias de livros.

— Bem, alguém tem de fazer isso. Posso fazer para você.

— Não há oportunidades de emprego disponíveis no momento.

— Não estou procurando uma oportunidade de emprego — (Lembrei-me do conselho da Srta. Pinch sobre ambição demasiada do sexo feminino.) — Só quero trabalhar.

— Infelizmente não será possível. Mas pode inscrever-se na biblioteca, se estiver interessada em livros.

— Sim, tenho muito interesse, obrigada, vou me inscrever.

— Aqui está o formulário. Precisamos de um endereço permanente, conta de luz ou telefone e uma foto assinada.

— O quê, como a de uma estrela de cinema?

— Alguém que conheça você há pelo menos dois anos tem de assinar a foto.

— Creio que a Srta. Pinch poderia fazer isso... — (eu estava começando a achar que a bibliotecária poderia ser parente da Srta. Pinch).

— Onde você mora?

— No Holiday Inn.

— Não é um endereço permanente.

— Não. Cheguei hoje mesmo da Escócia.

— Você estava inscrita na biblioteca de lá?

— Não havia biblioteca. Uma van vinha de três em três meses mas só trazia romances água-com-açúcar, livros policiais, de ornitologia, da Segunda Guerra Mundial e de história local, coisa que todos nós já sabíamos porque não havia muita história. Também trazia frutas cristalizadas. Era um pouco mercearia.

— Você tem comprovante de seu endereço na Escócia?

— Todo mundo sabe, é o farol do cabo Wrath. Basta subir o litoral, não tem erro.

— Então sua família é de faroleiros?

— Não, minha mãe morreu. Nunca tive pai, e Pew me hospedou no farol.

— Então, talvez o Sr. Pew pudesse escrever uma carta de apresentação.

— Ele é cego e não sei onde está.

— Leve este formulário e traga pessoalmente depois de preencher.

— Não posso me inscrever agora?

— Não.

— Posso ter um emprego somente aos sábados?

— Não.

— Bem, então virei todos os dias para ler.

Foi o que fiz.

O Holiday Inn achou ótimo deixar-me ficar no pequeno quarto sem janelas em troca de um trabalho no turno da noite, servindo batatas fritas e ervilhas aos hóspedes fatigados demais para dormir. Ao terminar o trabalho, às cinco da manhã, eu dormia até as 11 e ia diretamente à Sala de Leitura da Biblioteca Pública.

Meu problema era que, como não podia retirar os livros, nunca conseguia terminar uma história antes que alguém levasse o livro emprestado. Fiquei tão preocupada com isso que comecei a comprar caderninhos de notas com capas laminadas brilhantes, como as roupas dos astronautas. Copiava as histórias tão rapidamente quanto possível, mas por enquanto somente tinha começos, sem fim.

Estava lendo *Morte em Veneza* e a biblioteca ia fechar. Com muita relutância entreguei o livro à bibliotecária e disse que voltaria na manhã seguinte, às nove em ponto.

Fiquei tão preocupada com a possibilidade de que alguém pegasse o livro antes de mim que nas primeiras horas da manhã parei de servir batatas fritas e ervilhas aos desesperados, arranquei o avental e corri para os degraus da biblioteca como uma peregrina atrás de um milagre num santuário.

Mas eu não era a única pessoa ali.

Havia um velho bêbado agachado a um canto, com um modelo da Torre Eiffel iluminada ligado a uma pilha. Disse-me que tinha gostado muito de Paris, mas não se lembrava se era na França ou no Texas.

— Todos já fomos felizes algum dia, não é? Mas porque não somos felizes agora? Pode me dizer?

Eu não sabia a resposta.

— Está vendo aquele lá? — disse ele, mostrando com um gesto incerto uma figura que passava cambaleando pela rua. — Caminha por toda parte levando uma jaqueta de cachorro. Está esperando encontrar um cachorro que sirva.

— Eu tenho um cachorro. O nome dele é DogJim. Mora na Escócia, num farol. — (Isso tinha sido verdade durante a maior parte da vida dele, porém já não era mais.)

— É um cachorro scottish terrier?

— Não, mas vive na Escócia.

— Então deveria ser scottish terrier. Isso é outra coisa que está errada na vida. Tudo na vida está errado.

— Isso é o que diz a Srta. Pinch. Ela diz que a vida é um tormento que descamba para o crepúsculo.

— Ela é solteira?

— Ora, sim. Desde que nasceu.

— Onde é o canto dela?

— Não entendi.

— Onde é que ela fica de noite? Eu fico aqui. Onde ela fica?

— Um lugar chamado Salts, na Escócia. Ela mora em Railing Row.

— Talvez eu possa ir lá no verão.

— É a melhor época. Quando está quentinho.

— O que a gente não daria para ficar aquecido? É por isso que eu tenho esta torre que acende. Aquece minhas mãos. Você quer aquecer as mãos? Mas diga, o que uma jovem como você está fazendo aqui?

— Estou esperando abrir a biblioteca.

— O quê?

— Quero pedir um livro emprestado; ora, é uma longa história.

(Mas o livro é muito curto.)

Quando as portas duplas se abriram, apresentei-me no balcão e pedi o livro, mas descobri que a própria bibliotecária o tinha levado para casa na véspera, no fim do expediente, e naquela manhã não tinha ido trabalhar porque ficara doente.

— Pode me dizer o que ela tem? Está doente de quê? Está indisposta, ou resfriada, ou pediu licença para tratamento de saúde por um ano?

A colega disse que infelizmente não sabia — na verdade não se importava — e voltou a sua tarefa de catalogar uma prateleira de livros de histórias do mar.

Com o estômago dando voltas, saí da biblioteca e caminhei a esmo, como se estivesse possuída pelo demônio. Depois encontrei o livro numa livraria, mas depois de ler somente uma página, a vendedora aproximou-se e disse que eu tinha de comprá-lo ou deixá-lo.

Eu tinha prometido a mim mesma que, até descobrir o paradeiro de Pew não compraria nada, a não ser a comida de que necessitasse. Por isso, respondi:

— Não tenho dinheiro para comprá-lo e não suporto a idéia de deixá-lo. Mas amo este livro.

Ela não se comoveu. Vivemos em um mundo onde ou se compra ou se deixa. O amor nada significa.

Dois dias depois, caminhando na cidade, vi a bibliotecária no café Starbucks. Estava sentada junto a uma janela, lendo *Morte em Veneza*. Imaginem como me senti... Fiquei do lado de fora da janela, observando-a, e ela de vez em quando erguia a cabeça com olhar distante, vendo somente o Lido e sentindo o odor pesado do ar pestilento.

Um homem que levava um cachorro deve ter pensado que eu era mendiga, porque de repente me deu uma moeda. Entrei e pedi um expresso, sentando-me bem perto e por trás dela, para poder ler a página. Ela deve ter me achado um tanto estranha — compreendo isso, porque algumas pessoas são estranhas, já as encontrei no hotel — e de repente fechou o livro, como quem quebra uma promessa, e saiu.

Segui-a.

Ela foi ao cabeleireiro, à loja Woolworth, à clínica quiroprática, à loja de animais de estimação, ao videoclube e finalmente voltou para casa. Fiquei rondando até que ela se sentou, com um prato de *rigatoni al pomodoro* esquentado no microondas e o livro *Morte em Veneza*.

Era uma agonia para mim.

Finalmente ela adormeceu e o livro escorregou de suas mãos, caindo ao chão.

Ali estava ele, a poucos centímetros de mim. Eu queria abrir a janela e puxá-lo para perto. O livro estava semi-aberto, no lugar onde caíra sobre o tapete azul. Tentei seduzi-lo com poderes magnéticos, dizendo: "Venha, venha para mim!"

O livro não se moveu. Tentei abrir a janela, mas estava trancada. Senti-me como Lancelot do lado de fora da Capela do Santo Graal — mas também não havia terminado essa história.

Passaram-se os dias. Vigiei-a até que ela melhorou. Fiz mais: joguei aspirinas na caixa de cartas da casa dela. Teria doado sangue se isso ajudasse, mas ela melhorou, com ou sem meu auxílio, e afinal chegou o dia em que a segui de volta à biblioteca.

Ela levou o livro ao balcão, registrou a devolução e foi atender um cliente. Peguei o volume no carrinho de plástico branco que servia para levar os livros de volta às prateleiras. Quando me encaminhava para a Sala de Leitura, uma funcionária de bigode — era mulher mas tinha bigode, o que geralmente é mau sinal — arrancou o livro de minhas mãos dizendo que estava reservado para uma cliente.

— Eu sou uma cliente — disse eu.

— Seu nome? — perguntou ela, como se fosse um crime.

— Não estou na sua lista.

— Nesse caso terá de esperar até que o livro seja devolvido — disse ela com evidente satisfação. Isso parece ser característico de certas bibliotecárias: adoram dizer que um livro está esgotado, emprestado, perdido, ou até mesmo que ainda não foi escrito.

Fiz uma lista de títulos que deixei no balcão porque sem dúvida esses livros serão escritos algum dia e é melhor estar no início da fila.

Naquela tarde segui a bibliotecária de volta à casa porque estava acostumada a ir atrás dela e é difícil romper os hábitos. Ela entrou como de costume e quando saiu para sentar-se no jardim trazia consigo seu Próprio Exemplar de *Morte em Veneza*. Bastava que eu esperasse o telefone tocar, o que realmente aconteceu, e então corri pelo jardim e agarrei o livro.

De repente a ouvi, gritando ao telefone:

— Há uma intrusa, sim, a mesma, chame a polícia!

Corri para ajudá-la, mas ela não parava de gritar. Revistei a casa inteira sem encontrar ninguém, e foi isso o que eu disse quando a polícia chegou. Eles não fizeram caso, somente me prenderam, porque ela disse que eu era a intrusa — mas eu só queria o livro dela emprestado.

Depois disso as coisas ficaram difíceis, porque a polícia descobriu que como eu não tinha pai nem mãe, não existia oficialmente. Pedi que telefonassem para a Srta. Pinch, mas ela afirmou que nunca tinha ouvido falar em mim.

A polícia providenciou para que eu fosse entrevistada por um homem simpático que acabei sabendo ser um psiquiatra que trabalhava com delinquentes juvenis, embora minha delinquência fosse muito leve e somente em relação à bibliotecária e à Srta. Pinch. Expliquei a questão do livro *Morte em Veneza* e os problemas que tivera para inscrever-me na biblioteca. O psiquiatra assentiu com a cabeça e sugeriu uma consulta semanal para observação, como se eu fosse um outro planeta.

E de certa forma, era verdade.

Dark contemplava a lua.

Se a história da Terra estava escrita nos fósseis, por que não a do Universo? A Lua, branca como um osso, destituída de vida, era a relíquia de um sistema solar que antigamente possuía diversos planetas Terra.

Ele imaginou que todo o firmamento deveria algum dia ter estado cheio de vida, e que alguma estupidez ou descuido o havia transformado neste lugar arrasado e sem calor.

Quando menino, ele costumava pensar no céu como um mar e nas estrelas como navios com uma luz no topo do mastro. À noite, quando mar e céu ficavam escuros, as estrelas atravessavam a superfície da água, cortando-a como a quilha de um navio. Ele se divertia atirando pedras nos reflexos das estrelas, acertando-as e fazendo-as explodir e depois observando-as recompor-se e voltar.

Agora o céu era um mar morto, e as estrelas e os planetas eram restos de memória, como os fósseis de Darwin. Eram arquivos de catástrofes e erros. Dark desejou que nada existisse ali; nenhum indício, nenhum modo de saber. O que para Darwin era conhecimento e progresso, Dark considerava um diário fatal, um livro que era melhor não ler. Havia muita coisa na vida que teria sido melhor não saber.

É bom caminhar pela costa, quando é formada por rochas moderadamente duras, e observar o processo de degradação. As marés, na maioria dos casos, somente chegam às falésias por pouco tempo, duas vezes por dia, e a erosão das vagas ocorre apenas quando estas transportam areia ou pedregulhos; pois há motivo para crer que a água pura tem pouco ou nenhum efeito de desgaste sobre as rochas. Finalmente, a base da falésia é solapada, grandes fragmentos desabam, e como permanecem fixos, têm de ser desgastados átomo por átomo, até que o tamanho se reduza e possam ser levados pelas ondas, para serem mais rapidamente esfacelados transformando-se em pedrinhas, areia ou lodo.

Dark pousou o livro. Já o tinha lido muitas vezes, e reconhecido em si mesmo todas as marcas da erosão gradual. Bem, talvez fosse encontrado mais tarde, irreconhecível, a não ser pelos dentes — sim, a mandíbula teimosa seria a última coisa a desaparecer. Palavras, somente palavras, espalhadas pelas ondas.

Às vezes penso que estou em Am Parbh.

No Ponto de Virada, sabendo que ia partir. *Ia partir, teria de partir*, mudanças sutis de inflexão, revelando diferentes estados de espírito, mas com o mesmo fim em vista, a não ser pelo fato de que não existe fim, e quando o vemos é sempre como um barco visto ao longe que jamais virá à costa.

Mesmo assim, é preciso avistar o navio, é preciso que nos preparemos para a viagem. Temos de acreditar em nosso controle, em nosso futuro. Mas quando o futuro chega, chega como o *McCloud*, completamente equipado com a última palavra em tecnologia e uma nova tripulação, mas trazendo dentro de si o velho *McCloud*.

O registro fóssil está sempre presente, quer o descubramos ou não. Frágeis fantasmas do passado. A memória não é como a superfície da água — ou agitada ou calma. A memória é feita em camadas. O que você já foi era uma outra vida, mas as provas estão em algum lugar da rocha — seus trilobitos e amonitos, suas formas de vida em conflito, justamente no momento em que você achava que podia se levantar.

Anos antes, em Railings Row, deitada em duas cadeiras da cozinha juntas, debaixo do Edredom de Um Só Pato da Srta. Pinch, eu clamava por um mundo que pudesse ser estável e seguro. Não queria começar de novo. Era muito pequena e estava muito cansada.

Pew me ensinou que nada desaparece para sempre, que tudo pode ser recuperado, não como era, mas em sua forma cambiante.

— Nada mantém para sempre a mesma forma, menina, nem mesmo Pew.

Antes de escrever *A origem das espécies*, Darwin passou cinco anos a bordo do HMS *Beagle*, como naturalista. Na natureza ele descobriu não o passado, o presente e o futuro como os conhecemos, e sim um processo evolutivo de mudança — a energia nunca fica aprisionada por muito tempo — a vida está sempre em formação.

Quando eu e Pew fomos expelidos do farol como fachos e fagulhas de luz, eu queria que tudo continuasse como era. Queria alguma coisa sólida e confiável. Duas vezes lançada para longe, primeiro de minha mãe e depois de Pew, procurei uma aterrissagem segura e em pouco tempo cometi o erro de encontrar.

Mas a única coisa a fazer era contar a história outra vez.

*

Conte uma história, Silver.

Que história?

A do pássaro falante.

Isso foi depois, muito depois, quando eu já tinha aterrissado e crescido.

Ainda é a sua história.

É.

Pássaro Falante

Dois fatos a respeito da prata:
Reflete 95% de sua própria luz. É um dos poucos metais preciosos que pode ser comido em quantidades pequenas.

    Eu tinha ido a Capri, porque me sinto melhor quando estou rodeada de água.
    Quando descia uma das ruelas de casas caiadas da colina de onde se vê a Gruta Azul, ouvi alguém que gritava meu nome: "Buongiorno, Silver!"
    Na janela de um pequeno apartamento havia uma gaiola grande, e na gaiola grande um pássaro cor de pérola de bico enorme.
    Sei que foi coincidência, embora Jung tenha dito que não existe coincidência. Sei que não foi mágica, nada mais do que uma caixa de som amestrada e com penas, mas foi exatamente num momento dentro de mim que esperava que alguém me chamasse pelo nome. Os nomes ainda são mágicos: até mesmo Sharon, Karen, Darren e Warren são mágicos para alguém, em

algum lugar. Nos contos de fadas, dar um nome significa conhecimento. Quando sei seu nome, posso chamá-lo pelo nome, e quando o chamo pelo nome, você vem a mim.

Assim, o pássaro gritou: "Buongiorno, Silver!" e eu parei e fiquei olhando para ele por muito tempo, até que a mulher lá dentro pensou que eu era ladra ou louca, e bateu na janela com uma pequena imagem da Madonna.

Acenei para que ela saísse e perguntei se podia comprar o pássaro.

— Non, non, non! — disse ela. — Quell'uccello è mia vita! (*Esse pássaro é a minha vida!*)

— O quê, toda a sua vida?

— Si, si, si! Mio marito è morto, mio figlio sta nell'esercito e ho soltano un rene. (*Meu marido morreu, meu filho está no exército, e só tenho um rim.*)

As coisas pareciam ruins para nós duas. Ela agarrou com força a Madonna.

— Se non fosse per quell'uccello e il mio abbonamento alla *National Geographic Magazine* non avrei niente. (*Se não fosse esse pássaro e minha assinatura do* National Geographic Magazine, *eu não teria nada.*)

— Nada?

— Nada, *rien*, neca!

Ela bateu a porta e colocou a imagem da Madonna na gaiola à janela. Sem asas e presa ao chão, parti em busca de um espresso.

É uma ilha linda — azul, creme, rosa, laranja. Mas naquele dia eu não via as cores. Queria o pássaro.

À noite, esgueirei-me até o apartamento e olhei pela janela. A mulher estava adormecida, reclinada em uma cadeira, assistindo a *Batman* dublado em italiano.

Fui até a porta da frente e experimentei a maçaneta. Estava aberta! Entrei e avancei devagar até o pequeno quarto cheio de rendas de crochê e flores de plástico. O pássaro me olhou: "Menino bonito! Menino bonito!" Quem se importa com o gênero num momento desses?

Nas pontas dos pés, ridícula e séria, fui até a gaiola, abri a porta de grade e peguei o pássaro. Ele saltou para meu dedo, muito feliz, mas a mulher se remexeu e o pássaro começou a cantar uma música horrível que falava em voltar a Sorrento.

Rápida como um dardo, cobri o bico dele com um paninho de crochê e escapei do quarto para a rua.

Eu era uma ladra. Tinha roubado o pássaro.

Durante seis meses vivi nervosa em meu bairro na ilha, sem voltar a meu país porque não podia pôr o pássaro em quarentena. A pessoa com quem eu compartilhava minha vida veio me visitar e perguntou por que motivo eu não voltava. Respondi que não podia — o problema era o pássaro.

— Seus negócios estão indo mal e nosso relacionamento também, esqueça esse pássaro.

Esquecer o pássaro! Seria mais fácil esquecer-me de mim mesma. E esse era o problema, claro: eu tinha me esquecido de mim muito tempo antes, muito antes do pássaro. Era uma coisa complicada, que me enlouquecia; eu queria continuar a me esquecer e ao mesmo tempo queria me encontrar. Quando o pássaro disse meu nome foi como se eu o tivesse ouvido não pela primeira vez, mas depois de muito tempo, como alguém que acorda de um sonho drogado.

— Buongiorno, Silver! — Todos os dias o pássaro me recordava meu nome, isto é, quem eu sou.

Gostaria de ser mais clara. Gostaria de poder dizer: "Minha vida não tinha luz. Minha vida estava me devorando viva." Gostaria de poder dizer: "Eu estava tendo um colapso nervoso e por isso roubei um pássaro." Em termos estritos isso era verdade, e por esse motivo a polícia me soltou, em vez de me acusar do roubo de uma arara de estimação. O médico italiano me receitou Prozac e marcou para mim uma série de consultas na Clínica Tavistock, em Londres. A mulher que tinha perdido e depois recuperado o pássaro teve pena de mim; afinal, podia ter perdido um papagaio mais não era doida. Deu-me uma pilha de *National Geographics* velhas para eu ler no hospício, lugar onde o rapaz simpático da pizzaria disse que eu iria passar o resto de minha vida.

O resto de minha vida. Nunca parei, sempre corri, tão depressa que não fazia sombra. Bem, aqui estou — no meio do caminho, perdida num bosque escuro — esta *selva oscura*, sem uma tocha, um guia, sem nem um pássaro.

O psiquiatra era um homem gentil e inteligente, de unhas muito limpas. Perguntou por que eu não tinha procurado ajuda antes.
— Não preciso de ajuda, pelo menos não desse tipo. Sou capaz de me vestir, fazer torradas, fazer amor, ganhar dinheiro, ser sensata.

— Por que roubou o pássaro?

— Adoro histórias de Pássaros Falantes, especialmente a de Siegfried, que, chamado pelo Pica-pau, saiu da floresta e encontrou o tesouro. Siegfried era tão tolo que ouvia os pássaros, e achei que aquelas bicadas na vidraça de minha vida queriam dizer que eu também devia prestar atenção.

— Achou que o pássaro estava falando com você?

— Sim, sei que estava falando comigo.

— Não havia um ser humano com quem você pudesse falar, em vez do pássaro?

— Eu não estava falando com o pássaro. Foi ele quem falou comigo.

Houve uma longa pausa. Há coisas que não devem ser ditas a outras pessoas. Ver acima.

Tratei de consertar o estrago.

— Uma vez fui a uma psicoterapeuta e ela me deu um livro chamado *A teia não tecida*. Francamente, prefiro ouvir o pássaro.

Agora eu tinha piorado muito as coisas para mim.

— Gostaria de ter outro pássaro?

— Não era um pássaro qualquer; era um pássaro que sabia meu nome.

O médico recostou-se na cadeira:

— Você tem um diário?

— Tenho uma coleção de cadernos de notas cor de prata.

— São coerentes?

— Sim. Eu os compro na mesma loja.

— Quero dizer, você faz um registro de sua vida ou vários? Talvez ache que tem mais de uma vida?

— Claro que sim. Seria impossível contar uma só história.

— Talvez você devesse tentar.

— Começo, meio e fim?
— Sim, alguma coisa assim.
Pensei em Babel Dark e seus cadernos de notas arrumados, de cor marrom, e na pasta desordenada e rasgada. Pensei em Pew, que arrancava da luz suas histórias.
— Conhece a história do médico e do monstro?
— Claro.
— Bem, então evite ambos os extremos, é preciso encontrar todas as vidas entre um e o outro.

O cavalo-marinho estava no bolso dele.

Dark caminhava pela praia.

Era noite de lua nova, e a lua estava deitada de costas, como se tivesse sido derrubada pelo vento que fazia a areia rodopiar entre as botas dele.

Olhou para o cabo Wrath na distância e pensou ver a figura de Pew no vidro da luz. As ondas estavam bravias e rápidas. Ia cair uma tempestade.

1878. Ele estava fazendo 50 anos.

Quando Robert Louis Stevenson perguntou se podia visitá-lo, Dark ficou contente. Iriam ao farol, e Dark mostraria a famosa caverna dos fósseis. Sabia que ele era fascinado pelas teorias de Darwin sobre a evolução. Não tinha idéia de que a visita de Stevenson tinha um objetivo específico.

Os dois homens conversaram sentados um de cada lado da lareira. Ambos tinham bebido muito vinho e Stevenson estava corado e animado. Será que Dark achava que todos os homens tinham qualidades atávicas? Partes que permaneciam como negativos não revelados? Personalidades alternativas, não visíveis porém presentes?

Dark sentiu-se sem ar. Seu coração batia. O que Stevenson queria dizer?

— Um homem pode ser dois homens — disse Stevenson — sem saber, ou pode descobrir isso e perceber que não foi ele a causa. E esses dois homens podem ser de espécies muito diferentes. Um correto e leal, o outro talvez não muito melhor do que um macaco.

— Não aceito a idéia de que o homem já foi macaco — disse Dark.

— Mas aceita a de que todos os homens tiveram antepassados. Quem sabe se em algum lugar em seu sangue exista alguém perverso, a quem falta somente um corpo?

— Em *meu* sangue?

— Ou no meu. Quando falamos sobre um homem que age fora dos padrões normais, que estamos dizendo, honestamente? Não estaremos dizendo que deve haver outras coisas nesse homem além das que sabemos, ou até mesmo além do que ele próprio sabe a seu respeito?

— O senhor acha que não conhecemos a nós mesmos tanto assim?

— Eu não colocaria dessa forma, Dark. Um homem pode conhecer a si mesmo, mas tem orgulho de seu caráter, de sua integridade; essa palavra diz tudo, *integridade*, nós a usamos no sentido de virtude, mas também significa inteireza, e quem de nós é assim?

— Somos todos inteiros, espero.

— Você não está me entendendo de propósito?

— Que quer dizer com isso? — perguntou Dark, com a boca seca, e Stevenson notou que ele apalpava a corrente do relógio como se fosse um rosário.

— Posso ser franco?
— Por favor.
— Estive em Bristol...
— Compreendo.
— E conheci um marinheiro chamado...
— Price — disse Dark.

Levantou-se e olhou pela janela. Ao voltar-se para o estúdio, cheio de coisas bem conhecidas e muito usadas, sentiu-se como um estranho em sua própria vida.

— Vou contar, então — disse ele.

Falou muito, contando toda a história do início ao fim, mas ouvia sua própria voz à distância, como alguém que estivesse em outro cômodo. Ouvia a si mesmo como se fosse outra pessoa. Falava consigo mesmo. E era a si mesmo que precisava contar.

Se não a tivesse visto novamente naquele dia em Londres, talvez minha vida fosse muito diferente. Esperei um mês por nosso encontro seguinte e não pensei em outra coisa durante todo o mês. Logo que ficamos juntos, ela se voltou e pediu que eu lhe abrisse o vestido. Havia vinte presilhas: lembro-me de que as contei.

Ela deixou cair o vestido, soltou os cabelos e me beijou. Tratava seu corpo com muita liberdade. Seu corpo, sua liberdade. Eu tinha medo do jeito que ela me fazia sentir. Você diz que não somos um só, diz que na verdade somos dois. Sim, havia dois, mas éramos um só. Quanto a mim, fui partido em dois por grandes ondas. Sou como o vitral colorido de uma igreja, há muito estilhaçado. Encontro pedaços por toda parte, e me corto quando pego neles. Os vermelhos e verdes do corpo dela são as cores de meu amor por ela, as partes coloridas de mim, e não o vidro pesado e espesso do resto.

Sou um homem de vidro, mas não existe em mim uma luz capaz de brilhar por sobre o mar. Não posso guiar ninguém ao porto, nem salvar vidas, nem mesmo a minha própria.

Ela veio aqui uma vez. Não a esta casa, mas ao farol. Por isso consigo suportar continuar a viver aqui. Todos os dias caminho onde caminhamos, e tento recuperar a impressão deixada por ela. Ela passou as mãos pela parede que dá para o mar. Sentou-se junto a uma rocha, de costas para o vento. Fez deste lugar sombrio uma bonança. Alguma coisa dela está no vento, nas papoulas, no mergulho das gaivotas. Encontro-a onde quer que olhe, ainda que nunca mais volte a vê-la.

Encontro-a no farol e em seus longos lampejos por sobre a água, encontro-a na caverna — miraculosa, impossível, mas lá está ela, suas curvas capturadas na rocha viva. Quando coloco a mão na fenda, o que toco é ela; sua suavidade salgada, suas arestas afiadas, suas voltas e aberturas, sua memória.

Darwin me disse uma vez uma coisa pela qual sou grato. Eu vinha tentando esquecer, tentando impedir que minha mente procurasse um lugar que nunca seria capaz de atingir. Ele percebeu minha agitação, embora desconhecesse a causa, e levou-me a Am Parbh — o Ponto de Virada, e com a mão em meu ombro, disse: "Nada pode ser esquecido. Nada pode se perder. O próprio Universo é um vasto sistema de memória. Olhe para trás e encontrará o início do mundo."

1859

Charles Darwin publicou A *origem das espécies* e Richard Wagner terminou de compor sua ópera *Tristão e Isolda*. Ambas tratam do início do mundo.
Darwin — objetivo, científico, empírico, quantificável.
Wagner — subjetivo, poético, intuitivo, misterioso.

Em *Tristão* o mundo se reduz a um barco, um leito, uma lanterna, uma poção de amor, um ferimento. O mundo está contido em uma palavra: Isolda.
O solipsismo romântico de que nada existe além de nós dois não pode estar mais distante da multiplicidade e variedade da teoria de Darwin sobre o mundo natural. Nela, o mundo e tudo o que nele existe se forma e se re-forma, incansavelmente, sem cessar. A vitalidade da natureza é amoral e não sentimental: os fracos morrem, os fortes sobrevivem.

Débil e ferido, Tristão deveria ter morrido. O amor o curou. O amor não faz parte da seleção natural.

Onde começou o amor? Que ser humano olhou para outro e viu em seu rosto as florestas e o mar? Terá havido um dia em que você, apesar da exaustão e da fadiga, trazendo o alimento para o lar, com os braços feridos e sangrando, viu flores amarelas e sem se dar conta do que fazia colheu-as porque eu amo você?

Não existem vestígios de amor no registro fóssil de nossa existência. Você não será capaz de encontrá-los guardados na crosta da terra, esperando ser descobertos. Os longos ossos de nossos ancestrais nada revelam sobre seus corações. Suas últimas refeições estão às vezes preservadas em turfa ou gelo, mas seus pensamentos e sentimentos desapareceram.

Darwin subverteu um sistema em situação de estabilidade, no qual havia criação e acabamento. Mas seu novo mundo era fluente, mutável, de tentativas e erros, mudanças abruptas, acasos, experimentações fatais e riscos lotéricos quanto ao êxito. Mas a Terra acabou sendo a esfera azul que detinha o bilhete premiado. Flutuando solitária num mar de espaço, a Terra tinha o número da sorte.

Darwin e seus colegas cientistas ainda não tinham idéia de como seria o velho planeta e suas formas de vida, mas sabiam que eram inimaginavelmente mais antigas do que se acreditava nos tempos bíblicos, que estabeleciam o início da Terra em quatro mil anos atrás. Agora, o tempo tinha de ser entendido em termos matemáticos. Já não podia ser imaginado como uma série de descendências, desenrolando-se em genealogias a partir do Livro do Gênesis. As distâncias eram imensas.

Mas mesmo assim, o corpo humano ainda é a medida de todas as coisas. Essa é a escala que melhor conhecemos. Esse ridículo 1,80m circunda o globo e tudo o que há nele. Falamos em pés, mãos e envergaduras porque é o que conhecemos. Conhecemos o mundo por meio e através de nossos corpos. Esse é o nosso laboratório; sem ele não podemos fazer experiências.

É também o nosso lar. A única pátria que realmente possuímos. A pátria está onde está o coração...

A imagem simples é complexa. Meu coração é um músculo com quatro válvulas. Bate 101 mil vezes por dia, bombeando 4,5 litros de sangue em volta de meu corpo. A ciência pode fazer uma ponte de safena nele, mas eu não. Posso dizer que o dou a você, mas nunca o entrego.

Nunca mesmo? No registro fóssil de meu passado, há indícios de que o coração foi retirado mais de uma vez. A paciente sobreviveu.

Membros quebrados, crânio perfurado, mas nem sinal do coração. Se cavarmos mais fundo haverá uma história, em camadas de tempo, mas tão verdadeira quanto agora.

Conte uma história, Silver.

Que história?
A de Tristão e Isolda.

Algumas Feridas

Algumas feridas nunca saram.

Da segunda vez que a espada penetrou, fiz a mira no lugar da primeira.

Sou fraco nesse ponto — no lugar onde tinha sido ferido antes. Seu amor cresceu como uma pele sobre minha fraqueza.

Quando você me curou, eu sabia que a ferida se abriria novamente. Sabia disso como um destino, e ao mesmo tempo reconheci como uma escolha.

A poção do amor? Nunca a bebi. Você bebeu?

Nossa história é muito simples. Fui trazer você de volta para outra pessoa e conquistei-a para mim. Mágica, disseram todos depois, e foi isso mesmo, mas não do tipo capaz de caber numa bebida.

Estávamos na Irlanda. Existe país mais úmido? Eu tinha de torcer minha mente para poder pensar com clareza. Eu era um confuso nevoeiro matinal.

Você tinha um amante. Eu o matei. Era tempo de guerra e seu homem estava do lado derrotado. Quando o matei, ele me feriu de morte, isto é, doou-me a ferida que só o amor pode curar. Perdido o amor, a ferida seria mais sangrenta do que nunca. Sangrenta como agora, empapando a cama e aberta.

Eu não me preocupava com a morte. Mas você me recolheu por pena porque não sabia meu nome. Eu disse que era Tãotrist, e você me amou como Tãotrist.

— E se eu fosse Tristão? — perguntei certo dia, e vi você empalidecer e pegar uma adaga. Você tinha todo o direito de me matar. Ergui minha garganta para você, com o pomo-de-adão tremendo ligeiramente, mas antes de fechar os olhos, sorri.

Quando os abri novamente, você tinha deposto a adaga e segurava minha mão. Senti-me como uma criança, não um herói, não um guerreiro, apenas um menino em uma grande cama, com o dia girando em volta, sonhador e lento.

O quarto era alto e azul. Azul cobalto. Havia um fogo cor de laranja. Seus olhos eram verdes. Perdido nas cores de nosso amor eu jamais as esqueci, e agora, aqui jazendo, onde os lençóis têm o tom escuro de meu sangue, lembro-me do azul, do laranja e do verde. Um menino em uma grande cama.

Onde está você?

Nada dissemos. Você se sentou ao meu lado. Você era a mais forte dos dois. Eu não podia me levantar. Segurando minha mão, acariciando-a suavemente com um dedo e o polegar, você despertou um outro mundo em mim. Até então, através de feridas e naufrágios, eu tinha estado seguro de mim. Eu era Tristão. Agora, com meu nome virado ao contrário voltei para trás, desfazendo-me em fios de sentimento. Um homem perdido.

Quando chegou a hora de embarcar de volta à Cornualha, você saiu e ficou de pé numa rocha estreita, e nos olhamos até tão distante que somente nós dois sabíamos o que era rocha, barco ou ser humano.

O mar estava deserto. O céu, fechado.

Depois o rei Marke me mandou buscar você para ser a esposa dele.

Você disse que queria me matar.

Outra vez abri meu corpo para você. Outra vez você depôs a lâmina.

Quando sua serva trouxe a bebida, eu sabia que você pretendia me envenenar. Sob os rochedos da Cornualha, com o rei pronto para vir a nosso encontro em seu barco, eu bebi a água, porque essa era a bebida. Seu servo me trouxera água. Você também bebeu, e caiu ao chão, e eu a segurei enquanto os marinheiros lançavam a âncora e o navio esperava. Pela primeira vez tinha você em meus braços, e você disse meu nome:

Tristão.

Respondi:

— Isolda.

Isolda. O mundo se transformou em uma palavra.

Vivíamos para a noite. A tocha em sua janela era meu sinal. Quando estava acesa, eu ficava longe. Quando você a apagava, eu vinha — portas secretas, corredores escuros, escadas proibidas, afastando o temor e a decência como teias de aranha. Eu estava em você. Você me continha. Juntos, na cama, podíamos dormir, podíamos sonhar, e quando ouvíamos um grito triste da serva, dizíamos que era um pássaro ou um cão. Eu jamais queria acordar. O dia não me servia para nada. A luz era uma mentira. Somente aqui, com o sol morto e as mãos do tempo amarradas, é que estávamos livres. Aprisionados um no outro, estávamos livres.

Quando meu amigo Melot preparou a cilada, acho que percebi. Voltei-me diretamente para a morte, como havia voltado todo o meu corpo para o amor. Deixaria a morte entrar em mim como você havia entrado. Você tinha penetrado em minhas veias pelo ferimento, e o sangue que circula volta ao coração. Você circulou em mim, me fez corar como uma menina na concha de suas mãos. Você estava em minhas artérias, em minha linfa, você era a cor sob minha pele, e se eu me cortasse você seria o sangue. Isolda vermelha, viva em meus dedos. E sempre a força do sangue impelindo-a de volta a meu coração.

Na luta, quando Marke nos encontrou, eu combati na porta até que você fugisse. Finalmente enfrentei Melot, meu amigo, meu amigo de confiança, e levantei minha espada para ele, vermelha de sangue. Quando ele ergueu sua lâmina para mim, baixei a minha e enterrei a dele em meu corpo, logo abaixo das costelas. A pele, ainda pouco curada, abriu-se imediatamente.

Quando acordei, estava aqui, em meu próprio castelo, do outro lado do mar, cuidado e vigiado por meu servo. Ele me disse que tinha mandado buscar você; haveria um barco? Eu podia vê-lo, veloz como o amor. Ele subiu à torre de vigia, mas não havia nenhum barco.

Pus a mão no corte sangrento abaixo de minhas costelas. O nome dela goteja em meus dedos. *Isolda*. Onde está você?

Tristão, eu também não bebi. Não havia poção do amor, somente amor. Foi você que eu bebi.

Tristão, acorde. Não morra de seu ferimento. Divida a noite comigo, e de manhã morreremos juntos.

Seus olhos estão pálidos, sua respiração parou. Quando o vi pela primeira vez, ele estava imóvel e pálido, e eu o beijei para trazê-lo de volta à vida, embora ele nunca soubesse que feitiço usei.

Tristão, o mundo foi criado para que pudéssemos nos encontrar nele. O mundo já esmaece, retornando ao mar. Meu pulso enfraquece junto com o seu. A morte nos livra do tormento da separação. Não posso me separar de você. Eu sou você.

O mundo não é nada. O amor o formou.

O mundo desaparece sem deixar traços.

O que resta é o amor.

O bule de chá Full Strength Samson
estava no fim.

    Como de costume, Dark e Pew tomavam o chá em silêncio. Dark o rompeu.
    — Lembra-se de minha visita?
    Pew puxou uma baforada do cachimbo antes de responder.
    — Darwin? Sim, claro, lembro-me dele. Salts parecia um grande queijo cheio de ratos.
    — Acordei em um mundo e fui dormir em outro.
    — Aquilo era só uma fantasia dele, reverendo. Um menino brincando com conchas.
    — Não era fantasia, Pew. O mundo é mais antigo do que podemos imaginar. E mal sabemos como veio a existir.
    — Então o senhor não acredita que o bom Deus o criou em sete dias?
    — Não, não acredito.
    — Bem, isso é difícil para o senhor.
    — É difícil sim, mas não tanto quanto outras coisas.

Houve outro silêncio. Dark remexeu-se na cadeira para amarrar os cordões dos sapatos.

— Lembra-se de minha visita?

Pew só falou depois de muitas baforadas, como uma locomotiva.

— Stevenson? Oh, claro, ele subiu e desceu este farol sem tossir nem uma vez, embora digam que seus pulmões têm mais buracos do que uma rede de pescar bacalhau.

— O livro dele foi publicado. Hoje recebi um exemplar.

Dark entregou-o a Pew, que passou as mãos sobre a capa, sentindo o couro trabalhado e o título gravado. *O médico e o monstro.*

— Trata da guarda de faróis?

— De certa forma, sim, se o principal para todos nós for cuidar da luz.

— Ora, sim, isso é o que temos de fazer.

— Essa história que ele conta é a de um homem chamado Dr. Henry Jekyll; um facho de honestidade, um exemplo brilhante, uma pessoa de inteligência penetrante e ardente humanidade.

— Bem, então... — disse Pew, reabastecendo o cachimbo e sentindo que vinha uma história.

— Bem, por meio de uma droga que ele próprio produziu em seu laboratório, consegue transformar-se quando quer em uma criatura espantosa e sombria, de nome Edward Hyde. Um indivíduo infame e corrupto. Mas o curioso é que Hyde é capaz de fazer tudo o que Jekyll secretamente ansiava fazer. Um deles é absolutamente virtuoso, e o outro, completamente perverso. Mas embora pareçam perfeitamente separados, a parte terrível e inquietante é que ambos são a mesma pessoa. Ouça Jekyll, falando consigo mesmo:

Se cada um, disse a mim mesmo, *pudesse viver com identidades separadas, a vida seria libertada de tudo o que é insuportável; o perverso seguiria seu caminho, livre das aspirações e remorsos de seu irmão gêmeo mais correto; e o virtuoso prosseguiria com firmeza e segurança sua honesta jornada, fazendo as boas ações que o alegram e não mais exposto à desgraça e à penitência pelas mãos daquele mal extrínseco.*

Pew puxou o cachimbo.

— Prefiro caminhar à noite com um vilão de corpo limpo do que com um santo de roupas imaculadas.

— Os crimes desse tal Hyde se multiplicam, chegando ao assassinato, e naturalmente após certo tempo Jekyll se vê cada vez mais assumindo a personalidade de Hyde, até mesmo depois de tomar a poção que o transformaria de novo em Jekyll. Finalmente, Hyde passa a dominar completamente.

A mão que agora eu via, com toda a clareza, à luz amarelada de uma manhã londrina, ainda meio encoberto pelos lençóis, era magra, cheia de veias, ossuda, de um tom acinzentado e coberta por espessa camada de pêlos. Era a mão de Edward Hyde.

Dark fez uma pausa.

— Pew, quando Stevenson veio me visitar, e ficamos conversando em meu estúdio, ele me perguntou se eu achava possível a um homem possuir duas naturezas: uma quase simiesca e bestial em sua fúria, a outra dedicada ao auto-aperfeiçoamento. Naturalmente a culpa cabe em grande parte a Darwin, com suas histórias de macacos, embora ele tenha sido mal interpretado, como sei que foi. Eu disse a Stevenson que não acreditava que o homem descendesse do macaco, ou que compartilhasse com essa criatura uma origem comum.

— Muito bem dito, isso é certo — disse Pew.

— E então Stevenson disse que havia estado pouco antes em Bristol, onde encontrou um homem chamado...

— Price — disse Pew.

— Isso mesmo. E eu contei a ele tudo o que tinha a contar. Compreende, Pew? Tudo o que tinha a contar.

Houve outra pausa, desta vez mais longa, como um pensamento difícil.

— Lembra-se de minha visita?

Pew tirou o cachimbo da boca e respondeu imediatamente:

— Ora, sim, a Sra. Tenebris.

— O nome de casada era Lux. O de solteira era O'Rourke.

— Era uma verdadeira dama.

— Você permitiu que eu a trouxesse aqui, e por essa gentileza eu lhe sou devedor.

Pew fez um gesto com o cachimbo.

— Você entende, Pew? Eu sou Henry Jekyll. — Fez uma pausa momentânea, olhando com atenção suas mãos fortes e longas. — E sou Edward Hyde.

O vento sul soprava sobre o promontório, afastando do rosto os cabelos dele. Aos 58 anos, a cabeleira ainda era farta, porém branca como os ossos que ele atirava ao cachorro, em vez de um pedaço de pau.

A equação óbvia era Dark = Jekyll, Lux = Hyde. Em sua vida, entretanto, o oposto era a impossível verdade.

Continuou a caminhar, apalpando-o incessantemente, como já vinha fazendo há muitos anos. Tirou do bolso o cavalo-marinho — seu símbolo do tempo perdido.

*

Stevenson não acreditara quando Dark lhe disse que a parte boa de sua vida era a que tinha passado em Bristol com Molly. Somente Lux era bondoso, humano e são. Dark era hipócrita, adúltero e mentiroso.

— Mas ele sou eu — disse Dark — e tenho de viver com ele ainda que o odeie.

Seria possível agora, mesmo agora, elucidar sua natureza? Por que motivo já era tarde demais?

Compreendia que a vinda de Molly a Salts tinha sido sua última oportunidade. Sua liberdade. Ela tinha vindo para perdoá-lo e salvá-lo. Pretendia levá-lo consigo. Queria que ambos desaparecessem naquela noite num navio de passageiros a caminho da França.

Por que ele não tinha ido?

Ele odiava a vida que tinha. Os dois meses com ela tornavam a vida suportável. Ela era o bolsão de ar em seu navio emborcado.

Agora já tinha se afogado.

Tirou do bolso o caderno de notas gasto e cheio de marcas e olhou a anotação.

Molly voltou a Bristol. Não aceitei a idéia dela de começar vida nova na França. Fiquei firme. Fiquei firme. Fiquei firme.

Fechou o caderno, guardou-o no bolso e continuou a caminhar, notando a erosão na base da falésia.

Conte uma história, Silver.

Que história?
A do nosso encontro.

O amor é um intruso desarmado.

O navio ia entrando no porto de Atenas.
Era o último barco, e as luzes já estavam acesas. Eu estava esperando há cerca de uma hora, entre as mochilas, os sorvetes e os intermináveis cigarros dos demais passageiros que, como eu, queriam chegar a uma das ilhas antes de escurecer.

O navio estava entupido de albaneses, quatro gerações da mesma família: a bisavó, ressecada ao ar como uma pimenta malagueta, avermelhada e de humor picante; a avó, dura como um tomate seco, pensativa, a pele enrugada pelo calor; a mãe, úmida como um figo de cor púrpura, aberta por toda parte: blusa, saia, boca, olhos, uma mulher escancarada, lambendo nos lábios os borrifos salgados no convés sem cobertura. E também as crianças, de 4 e 6 anos, dois esguichos de suco de limão.

Sentei-me em minha mala, com medo de que desaparecesse em meio ao imenso carregamento das caixas e sacos delas, amarrados com barbantes. Quando chegamos à ilha, os homens já as esperavam com as mulas e a família inteira saltou para as selas de madeira, subindo descalça as ladeiras estreitas e íngremes como escadas em direção aos prédios trepados uns sobre os outros que iam ficando cada vez mais escuros à medida que nos afastávamos do ambiente iluminado e festivo do porto, com luzes coloridas em volta da enseada.

Hidra: uma ilha quadrúpede em forma de dorso de mula; as únicas rodas que existiam eram as do carrinho municipal de limpeza pública.

Caminhei pela orla do porto, evitando os animados proprietários de restaurante que exibiam lagostas e os garçons atenciosos que serviam *piña colada* em canecos do tamanho de troféus esportivos.

Estava procurando um endereço.

Havia um segurança postado junto a um iate ancorado, cujos donos tinham se vestido a rigor para o jantar que já estavam degustando. Bem, quase degustando, porque as mulheres erguiam garfos vazios aos lábios pintados e famintos, e os homens, avermelhados como um filé, bebiam taças de Krug. Eu sabia que era Krug: vi a forma da garrafa quando o garçom os serviu.

O segurança sacudiu negativamente a cabeça quando mostrei o endereço. Tinha vindo ali somente para aquela noite.

— Pode ficar comigo — disse ele, piscando o olho. — Tenho um bom beliche e posso ir encontrá-la por volta das cinco da manhã, depois que você descansar.

Gostei dele. Pousei a mala no chão. Ele me ofereceu uma cerveja. Começamos a conversar.

— É uma família da Nova Zelândia — explicou ele. — São bons patrões. Já percorri o mundo inteiro. Amanhã vamos para Capri. Já esteve em Capri?

Comecei a dizer alguma coisa sobre um pássaro, mas depois achei melhor parar e pedi que ele falasse de si.

— Estou somente navegando — respondeu ele —, em ambos os sentidos. Vou ficar com esse trabalho por um par de anos e depois pode ser que encontre alguém e descubra um lugar onde queira me instalar, talvez abrir um negócio de barcos, quem sabe, tenho muito tempo diante de mim.

— Você tem de ficar em pé aqui a noite toda?

— Sim, a noite toda.

— Que fazia antes desse trabalho?

— Eu era casado. Depois já não era mais casado. Saltei fora, escapei, entendeu?

Entendi.

— Fim da história. Tenho de começar de novo. Tenho de pensar positivamente. Tenho de ir em frente. Sem olhar para trás. Sem remorsos.

Foi o que ele disse. Falou aquilo como um mantra. Fiquei pensando quantas vezes por dia ele tinha de repetir as palavras para que se tornassem realidade. Era um curativo para seu coração.

Não sei como fazer curativo no meu coração.

Agradeci a cerveja e peguei a mala.

— Então, tem certeza sobre nosso encontro às cinco?

Eu tinha certeza. Não era uma noite para aventuras. Queria chegar ao lugar que alugara sem ver, de um amigo de um amigo. Tinha as chaves mas não tinha instruções — assim como acontece na vida real — e enquanto subia com dificuldade os degraus íngremes e caiados, as mulheres gregas idosas sentadas diante das casas me olhavam e às vezes me saudavam com um *Kalispera*.

Finalmente, transpirando, com a mala se chocando contra meu corpo, encontrei a pesada porta marrom da casa. Entrei com esforço, assustando um gatinho que desapareceu como a sorte, e, à luz de fósforos, atravessei o chão que tinha o brilho fantasmagórico da tinta branca, tentando encontrar os interruptores.

Não encontrei e larguei a mala no chão. Acendi uma vela e tirei a garrafa de vinho, o pão, o óleo de oliva e a lingüiça que trouxera comigo. Achei uma faca cega (por que as facas são sempre cegas?), um prato e um copo e fui me sentar cansada no telhado plano com vista para o mar lá embaixo.

A noite estava tranqüila; ouviam-se cães latindo e o sussurro das asas de morcegos cortando o ar, mas nenhum ruído humano, a não ser o som muito abafado que vinha da TV do vizinho dos fundos, onde eu podia ver um crucifixo na parede e um mulher de idade vestindo uma camisola de dormir.

Abri o vinho. Era forte e saboroso. Comecei a me sentir melhor.

As pedras sob meus pés estavam mornas. A velha dos fundos saiu para regar os tomateiros. Eu ouvia o sibilar da mangueira e a irmã dela que falava lá de dentro. A irmã estava deitada na cama e olhava a televisão, repetindo as notícias em voz alta. Sentia o cheiro de sardinhas grelhadas e nas montanhas os cachorros selvagens começavam a ladrar — as paredes de concreto faziam ecoar os latidos.

Au, au, au, não era possível saber de onde vinham. Nunca se pode saber de onde vêm os ruídos da noite.

Depois do Pássaro Falante, o homem simpático da Clínica Tavistock ficou me perguntando por que motivo eu roubava livros e pássaros, embora eu só tivesse roubado um de cada.

Respondi que era uma questão de sentido, e ele sugeriu, muito delicadamente, que podia ser algum tipo de psicose.

— O senhor acha que sentido é uma psicose?

— A obsessão com o sentido, em detrimento das formas comuns da vida, pode ser entendida como psicose, sem dúvida.

— Eu não concordo que a vida tenha uma forma comum, ou que haja algo de comum em relação à vida. Nós é que a fazemos comum, isso sim.

Ele remexeu o lápis. As unhas eram muito limpas.

— Estou apenas fazendo perguntas.

— Eu também.

Houve uma pausa.

Perguntei:

— Como o senhor definiria a psicose?

Ele escreveu com o lápis numa folha de papel: *Psicose: fora de contato com a realidade.*

Desde então, tenho procurado descobrir o que é a realidade, a fim de poder entrar em contato com ela.

Sonolenta devido à viagem, à noite e ao vinho, entrei e deitei-me no colchão cor-de-rosa, sem lençóis. Deveria ter procurado a roupa de cama, mas adormeci pensando em Babel Dark e no que significava estar perdido e sozinho há 150 anos.

Sonhei com uma porta e que a porta se abria.

De manhã fui acordada cedo pelo sino cromático da igreja ortodoxa.

Abri as persianas. A luz era intensa como um caso de amor. Fiquei ofuscada, felicíssima, não apenas porque fazia calor e tudo era maravilhoso, mas porque a natureza não economiza nada. Ninguém precisa de tanta luz solar. Tampouco ninguém precisa de secas, vulcões, monções e tornados, mas eles acontecem porque nosso mundo é extraordinariamente extravagante. Nós é que ficamos obcecados com as medidas. O mundo simplesmente derrama as coisas.

Saí para a rua, tropeçando em imensas lajes de luz do sol. O sol era como uma multidão de pessoas, era uma festa, era música. Ecoava nas paredes das casas e tamborilava nos degraus. Batia tambor, marcando o tempo nos degraus. O sol dava ritmo ao dia.

"Por que está com medo?", perguntei a mim mesma. Porque o medo está na base de tudo, até mesmo o amor geralmente repousa no medo. "Por que tem medo, se tudo o que fizer vai acabar morrendo?"

Resolvi caminhar até o convento, do outro lado da ilha.

É uma subida íngreme, por uma trilha sinuosa de mato ralo e víboras, desprotegida do sol.

Ninguém sobe ali, e quando o fazem usam mulas, sentados de lado nas selas, os homens com bigodes luxuriantes e as mulheres com as cabeças cobertas e os braços nus.

A única carroça que transporta óleo diesel deposita ali sua carga malcheirosa. Há um monte de lixo que parece o inferno de Dante, cujo odor fétido somente poderia ter sido produzido por humanos. Tirei a camiseta, enrolei-a na cabeça e corri até meus pulmões protestarem, mas pelo menos livrei-me da parte pior.

Estava livre, subindo cada vez mais alto, com a ilha debaixo de mim como um amante.

Senti-me observada. O caminho estava deserto. Meus pés estavam sujos, meus tornozelos tinham um anel de poeira. Havia um abutre fazendo círculos entre as nuvens, mas nenhum animal ou ser humano.

De repente, avistei algo, do tamanho de um cachorro de porte médio, porém parecido com um gato, com orelhas maiores e olhos que davam medo. Estava agachado em uma pedra do lado de fora de um mosteiro em ruínas, como um João Batista que recusasse consolo.

Era um gato almiscarado.

Aproximei-me tanto quanto ousava, e em vez de escapar, o animal parecia disposto a saltar.

Desafiamo-nos com o olhar, até que ele desapareceu silenciosamente numa toca por trás da rocha.

Sou em parte gato do mato, em parte caçador de ratos.

Que posso fazer com o que é selvagem e o que é domesticado? O coração selvagem que deseja ser livre e o dócil, que quer voltar a seu lar. Quero ser ninada. *Não quero que você chegue perto demais.* Quero que você me pegue e me leve para casa à noite.

Não quero dizer onde estou. Quero ter um lugar no meio das pedras onde ninguém possa me achar. *Quero estar com você.*

Eu costumava ser uma romântica desvairada. Ainda sou romântica desvairada. Costumava acreditar que o amor era o valor mais elevado. Ainda acredito que o amor é o valor mais elevado. Não espero ser feliz. Não imagino que venha a encontrar amor, o que quer que isso signifique, ou que se o encontrar isso me faça feliz. Não penso no amor como resposta ou como solução. Para mim o amor é uma força da natureza — tão forte quanto o sol, tão necessário, impessoal, gigantesco, impossível e ardente quanto caloroso, tão capaz de produzir seca quanto a dádiva da vida. E quando o fogo se extingue, o planeta morre.

A pequena órbita de minha vida gira em torno do amor. Não ouso chegar mais perto do que isso. Não sou uma mística que busque a comunhão final. Não saio sem protetor solar FPS 15. Tenho cuidado comigo mesma.

Mas hoje, com o sol por toda parte e tudo o que é sólido não sendo mais do que sua própria sombra, sei que as verdadeiras coisas da vida, as coisas que recordo, as coisas que reviro em minhas mãos, não são as casas, as contas bancárias, os prêmios ou as promoções. O que eu lembro é o amor — todo o amor — amor a esta trilha poeirenta, a este nascer do sol, a um dia passado à margem do rio, à pessoa desconhecida que encontrei num café. Até a mim mesma, que é a coisa mais difícil de amar, porque amor e egoísmo não são a mesma coisa. É fácil ser egoísta. Difícil é amar quem sou. Não admira que me surpreenda ao saber que você me ama.

Mas o amor é o que ganha a parada. Nesta trilha ardente, com cercas de arame farpado para que as cabras não fujam, encontro durante um instante o que vim buscar aqui, e isso sem dúvida significa que imediatamente o perderei de novo.

Senti-me sã.

No convento, toquei a campainha, lendo a tabuleta que pedia paciência.

Finalmente a portinhola por trás da grade de madeira se abriu e vi o rosto da freira. Ela abriu os ferrolhos e me deixou entrar, dizendo palavras amáveis que eu não entendia. Retirou um pano de sob o cinto e limpou uma cadeira já imaculada. Sentei-me. Ela imitou o gesto de beber, ao que eu assenti com a cabeça, sorrindo, e a freira trouxe uma bandeja com café consistente, biscoitos finos e geléia de pétalas de rosa de seu jardim.

Havia duas xícaras na bandeja. Achei que ela pretendia acompanhar-me, mas a religiosa se retirou. Peguei algum dinheiro e fui até a capela para fazer uma oferta. Havia uma mulher lá dentro, rezando ajoelhada.

— Desculpe — disse eu. — Não queria interromper.

Você sorriu, levantou-se e veio até onde havia sol. Talvez fosse a luz em seu rosto, mas achei que a reconhecia de algum lugar, há muito tempo, algum lugar no fundo do mar. Algum lugar em mim.

Às vezes a luz é forte o bastante para chegar ao fundo do mar.

— Acho que este café é para você também — disse eu.

Você se sentou e eu notei suas mãos — dedos longos, articulados nas juntas; se me tocassem, o que aconteceria?

Fico tímida diante de desconhecidos, por causa de todos aqueles anos no promontório com Pew. Nossa única visitante era a Srta. Pinch, e não era uma boa representante da raça humana.

Por isso agora, ao conhecer uma pessoa nova, faço a única coisa que sei fazer.

Vou contar uma história para você.

Pew

e eu estávamos sentados no chão diante do fogão de lenha. Estávamos lubrificando e limpando as peças móveis dos instrumentos. Pew tinha desatarraxado os puxadores de cobre e tirado as tampas, levantando o vidro e retirando os delicados ponteiros que registravam as oscilações nos movimentos do mar e dos ventos.

No começo de cada verão, ele abria todas as caixas que continham os instrumentos e afrouxava os parafusos e as porcas, a fim de aplicar uma única gota de óleo transparente para limpar o mecanismo.

Nunca precisava ver o que estava fazendo. Os Pew sabiam, dizia ele, assim como os peixes nadam. Os Pew tinham nascido para cuidar de faróis e era isso o que faziam.

Tinha acontecido de maneira estranha, como vocês podem ter adivinhado, quando Josiah Dark procurava seu primeiro guardião do farol.

Sempre que Josiah Dark se via em dificuldades, desafiava-as caminhando. Achava que um tipo de movimento poderia estimular outro. Por isso, naquele dia em Salts, caminhou muito, e naturalmente encontrou um homem que colecionava teias de aranha.

A primeira coisa que Josiah notou no homem foram os dedos: longos como pernas de aranha e articulados nas juntas. O homem estava retirando teias dos arbustos das cercas vivas e estendendo-as dentro de uma moldura que tinha confeccionado com a madeira das próprias plantas. Havia inventado uma maneira de conservar as teias e vendia-as por bom dinheiro a marinheiros que desejassem levar uma curiosidade às mulheres em suas casas.

— Como é seu nome? — perguntou Josiah.

— Pew.

— Onde mora?

— Aqui, ali, nem aqui nem ali, e de vez em quando em outros lugares.

— Você tem mulher?

— Não, uma que me reconheça à luz do dia.

Assim, ficou combinado que Pew, com seus dedos ativos e modos rápidos, seria o primeiro guardião do farol do cabo Wrath.

— Ele não era cego, esse Pew, era?

— Não, menina, mas esse não é o fim da história.

— Bem, então...

— Bem, então muito depois de Josiah e logo que Babel morreu, houve outra visita a Salts. Desta vez não foi Molly O'Rourke, e sim sua primeira filha, Susan Lux, a criança que nascera cega.

"Ninguém sabe por que ela veio, mas nunca mais foi embora. Casou-se com Pew, apesar da diferença de idade e de criação — ele sempre à beira da estrada e ela numa casa de verdade, ele com idade para ser seu pai e ela suficientemente jovem para acreditar em todas as histórias que ele contava. Tinha dedos ágeis como os dele, e em breve os olhos dele foram ficando azuis e leitosos como os dela. À medida que envelhecia ele ia ficando cego, mas nenhum dos dois tinha problemas por causa disso, porque seus sentidos eram aguçados como os das aranhas e os dedos eram capazes de estender uma teia.

"O filho que tiveram também era assim, e todos os demais Pew desde então. Um, ou muitos, como quiser. O Cego Pew, Guardião do Farol."

— E eu?
— Que é que tem?
— Eu não sou cega.
— É verdade, você tem o defeito da visão.
— Então, como vou cuidar da luz?

Pew sorriu ao deslizar o vidro na estreita guia do barômetro.

— Nunca confie no que puder ver. Nem tudo pode ser visto.

Olhei para fora, para as ondas, os navios e os pássaros.

— Agora feche os olhos — disse Pew, que sabia o que eu estava fazendo. Fechei-os. Ele tomou minha mão, com dedos que a circundavam como uma rede.

— Que está vendo agora?
— Vejo Babel Dark que vem para o farol.
— O que mais?
— Vejo-me a mim mesma, mas estou velha.
— E o que mais?
— Vejo você num barco azul, mas você parece jovem.
— Abra os olhos.

Abri, e vi as ondas, os navios e os pássaros. Pew soltou minha mão.

— Agora você sabe o que fazer.

A Cabana

Esta é uma história de amor.

Quando me apaixonei por você, fiz o convite para vir a uma cabana na borda da floresta. Solitária, campestre, pousada na terra e com iluminação natural, era a coisa mais parecida com um farol que eu podia conseguir.
Todo recomeço provoca um retorno.
Você tomou um barco, um avião, um trem e um carro para vir de Hidra até aqui. Depois dessa viagem exótica, combinamos de nos encontrar em um lava-jato próximo à estação.
Tratei de preparar tudo para você — empilhei a lenha para o fogão, arranjei velas, fiz a cama com um lençol novo que tinha comprado, descasquei feijões numa panela e cobri os bifes com um pano para evitar as moscas. Tinha comigo um velho rádio, porque naquela noite estavam transmitindo o *Tristão*, e eu queria ouvir com você, tomando vinho tinto e vendo a noite cair.
Cheguei tão cedo ao encontro que tive de lavar o carro duas vezes, para que o indiano desconfiado não me mandasse embora.

Talvez ele achasse que eu vendia drogas; o carro era cor de prata como eu, e um pouco berrante e, evidentemente, eu o conseguira por meios desonestos. Procurei ser amistosa comprando uma barra de chocolate, mas ele ficou sentado atrás da escrivaninha lendo as listas de preços de automóveis na revista *Auto Trader*, para ver quanto eu estava ganhando em minha vida criminosa.

Fiquei andando de um lado para o outro, como um personagem de filmes de suspense. Onde estaria você? Ia ser difícil identificar a minivan que traria você da estação. Eu examinava com atenção todos os carros que reduziam a marcha para entrar no drive-in do Macdonald's. Sentia-me como um fiscal da Alfândega. Você era uma mercadoria de contrabando. Eu era quem devia estar hospedada na cabana. Você não.

Finalmente, quando o polimento de meu carro ficou tão brilhante que os sinais vindo do espaço exterior ricocheteavam no capô, vi um Rover marrom que vinha devagar em minha direção. Você saltou da porta traseira. Corri para pagar o motorista, espalhando notas de 10 libras como migalhas.

Por timidez, não beijei você.

A cabana era feita de tábuas rudes de cor castanha, que se sobrepunham sob um teto de gesso. Não tinha alicerces; ficava a dois metros de altura do solo, sobre colunas de pedra. Isso evitava os ratos, mas as criaturas da noite fungavam e se moviam abaixo do assoalho.

Naquela primeira noite, na única e instável cama, fiquei acordada enquanto você dormia. Ouvia os ruídos desconhecidos e pensava no milagre da mais desconhecida de todas as coisas — você respirando a meu lado.

*

Fritei os bifes. Você abriu a garrafa de St. Amour e bebemos nos copos antigos de escovar os dentes. A porta ficou aberta e as labaredas no fogão faziam desenhos no chão. Lá fora, a lua criava sombras na grama e ouviam-se os primeiros sons noturnos da floresta.

Eu tinha fome, mas também estava nervosa. Você era algo ainda novo e eu não queria assustar você. Não queria me assustar.

Inspirar. Expirar. Seu ritmo é diferente do meu. Seu corpo não é o meu: a comemoração do desconhecido alheio. Encostei a cabeça em seu peito, e isso deve ter tido algo a ver com as vibrações da cabana, porque por baixo de seu hálito, ou por meio dele, eu ouvia também a respiração de um texugo.

A cabana era como a respiração: a tênue corrente de ar do fogão, onde as chamas iam diminuindo; o sibilar da água esquentando na grande chaleira sobre o fogão; o vento que passava pelo buraco da fechadura, agitando o pesado trinco; o vento que parecia uma harmônica de boca.

Encostei minha boca à sua e sua respiração mudou quando você me beijou dormindo. Fiquei deitada, com a mão em seu estômago, seguindo a oscilação de outra terra.

Na manhã seguinte, acordei cedo, com o corpo endurecido e com sede, porque ninguém pode dormir bem em cama pequena em companhia de amante grande. Minha cama no farol era pequena, mas eu dormia somente com DogJim.

Creio que passei a noite com você equilibrando-me no espaço de 12 centímetros entre a borda da cama e a parede irregular. Você dormiu bem no centro, com a cabeça nos dois travesseiros, roncando. Eu não queria acordar você, e por isso deixei-me escorregar pelo espaço de 12 centímetros e engatinhei por baixo da cama, levando comigo um almanaque empoeirado de 1932.

Coloquei um casaco e abri a porta. O ar estava branco e pesado. Tudo estava úmido. Havia um cheiro de terra arada. Era outono e eles estavam ceifando o restolho.

Olhei outra vez para você. Esses momentos são talismãs, tesouros. Depósitos acumulados — nossos registros fósseis — e o começo do que acontece depois. São o começo de uma história, da história que sempre contaremos.

Na ponta dos pés fui até o fogão e levei a pesada chaleira de ferro para fora. Derramei um pouco da água numa tigela rasa e misturei com água fria de nosso cantil plástico. Tinha posto o sabonete e o xampu num pote de plantas e pendurado minha toalha num gancho conveniente, preso a uma das colunas da cabana. Depois tirei toda a roupa e comecei a jogar a água sobre a cabeça. A água se derramava sobre mim como a luz do sol. Pensei em você em Hidra, forte como a luz do sol, e livre como ela.

Enxuguei-me com uma toalha azul espessa. De banho tomado, com roupas limpas, os pulmões lavados pelo ar úmido, acordei você com café quente e ovos com bacon. Ainda com sono, você se movia lentamente sentando-se meio dormindo nos degraus, tremendo um pouco de frio ao sol de fim de ano, apesar de meu robe.

Adoro sua pele. Pele como um alento, movediça e doce.

Ao tocá-la, sua pele estremece duas vezes, e não por causa do frio da manhã.

Você lavou a louça, cantando, e depois fomos à vila comprar costeletas e champanhe. Estávamos tão felizes que a felicidade nos acompanhava, e eu adulei um servente de lavatório para que deixasse carregar seu telefone celular. Compramos para ele uma grande caixa de chocolate Cadbury's Roses, e ele disse que ia levá-las para a mulher, que sofria de Alzheimer.
— Foi por causa das panelas de alumínio — disse ele. — Naquela época não sabíamos disso.
Eu segurava sua mão enquanto ele falava. A vida é tão curta, e tão cheia de acasos. Nos encontramos, não nos encontramos, tomamos o caminho errado, e mesmo assim acabamos nos encontrando. Escolhemos cuidadosamente o "caminho certo" e ele não nos leva a parte alguma.
— Que pena — disse eu ao servente.
— Obrigado pelos chocolates — respondeu ele, erguendo a caixa. — Ela vai adorar.

Fomos de carro a Ironbridge, onde começou a Revolução Industrial. A luz ia ficando mais rala em linhas suaves ao longo do rio. Não sei se pela qualidade da luz ou pela clareza de meus sentimentos em relação a você, tudo era suave, sem confusão. "Isto não é mentira", disse a mim mesma. "Pode não durar, mas é verdade."
Ficamos de pé na ponte, olhando o rio largo. Imaginei os vagões de ferro, puxados por uma polia pelos trilhos da ferrovia, transportando carvão sobre rodas metálicas, alimentando as caldeiras e acionando os pistons das máquinas ainda tão belas quanto úteis.

O odor negro e forte do ferro lubrificado enchia os galpões. O chão estava cheio de limalha. O barulho era ensurdecedor.

O rio era o passado e o futuro. Fazia flutuar as chatas, transportava as mercadorias, fornecia energia hidráulica e resfriamento, dragava alegremente os resíduos e à noite atraía os trabalhadores braçais que se transformavam em pescadores, aglomerados nas margens ao final de seus turnos.

Tinham roupas pesadas, mãos feridas e curadas. Partilhavam o fumo e passavam um frasco de pedra com cerveja caseira. Jogavam as pontas de cigarro numa bacia de estanho já muito usada. Havia trutas no rio, para quem sabia esperar.

Você caminhava à minha frente na ponte.

— Espere! — gritei, e você se voltou, sorrindo, abaixando a cabeça para me beijar. Olhei para trás, meio triste por deixar meu mundo de sombras, tão real quanto o mundo real. Sim, ali estavam os homens, pescando, fumando, enxugando os rostos com o cachecol. O homem que os outros chamavam de George estava calado, porque a mulher tinha ficado grávida de novo. Ele não tinha dinheiro para criar outro filho, mas poderia trabalhar horas extras, se seu corpo agüentasse.

Senti a ansiedade dele no nevoeiro frio que começava a se erguer do rio. Tantas vidas, em tantas camadas, fáceis de encontrar, para quem ficasse em silêncio, e soubesse onde esperar, atraindo-as como trutas.

Chamei você para irmos até o bar a fim de ver se nos venderiam um pouco de gelo para o champanhe. Você voltou trazendo uma bolsa térmica preta cheia de inverno esquimó.

— Ele tirou da câmara de congelamento com uma pá — informou você. Como meu carro só tinha dois lugares, você teve de levá-la no colo até chegarmos à cabana. — Isto é amor — foi o que você disse, e sei que estava brincando, mas desejei que fosse uma afirmação sincera.

Na cabana, acendi as velas, deitei-me no chão soprando as brasas do fogão. Você picava os legumes e falava de um dia na Tailândia, observando as tartarugas saindo dos ovos na areia. Nem todas conseguem chegar ao mar, e quando chegam, os tubarões as esperam. Os dias desaparecem e são devorados assim, mas os que são como este, os que ficam, nadam para longe e retornam pelo resto de nossas vidas.
Obrigada por me fazer feliz.

Estávamos de pé na semi-escuridão. Minhas mãos seguravam seus quadris e as suas estavam em meus ombros. Quando nos beijamos, eu fico nas pontas dos pés. Você faz muito bem aos músculos de minhas pernas.
Você tirou minha blusa e começou a tocar meus seios por cima do sutiã, suave e apertado sobre os bicos dos seios. Disse alguma coisa sobre a cama e nos deitamos, você tirando o moletom e as calças de linho, mostrando as pernas morenas e nuas.
Ficamos na cama, lado a lado, durante muito tempo, acariciando-nos, sem falar, e depois você passou o dedo por cima de meu nariz, até a boca. Puxou-me para baixo de você, beijando-me, buscando o canal de meu corpo e me encontrando úmida.
Movíamo-nos ao mesmo tempo; você me virou, cobrindo-me por trás, inclinando o pescoço para me beijar, lambendo o

suor de meu lábio superior. Amo seu peso, e a forma como você o usa para me dar prazer. Amo sua excitação. Amo porque você não pede e nem hesita. No último segundo possível, você me levantou e colocou-se entre minhas pernas.

Em seguida se abaixou sobre mim, com a língua em minhas dobras, as mãos em meus seios, fazendo-me arquear o corpo para acompanhar o movimento, e você me acompanhando, até que eu gozasse.

Não pude esperar. Deitei você de costas, sentada sobre seu corpo, vendo seus olhos fechados e sua cabeça virada para um lado, suas mãos me guiando, e seu movimento tão certo.

É tão bonito sentir você. Bonito sentir você dentro de mim e eu dentro de você. Corpo bonito, fazendo geometria com nossas formas separadas.

Gostamos de beijar. Beijamos muito. Agora estamos lado a lado, sem podermos nos separar. Adormeci respirando você.

Em algum momento da noite ouvi um ruído do lado de fora. Tentei sair do pesado sono do sexo, porque alguém ia chegando à porta. Você acordou também, e ficamos na cama, com os corações batendo, imaginando, sem saber. Mas eu não suportei a tensão, agarrei o robe e abri a porta.

Nos degraus que sobem à cabana estava a bolsa térmica cheia de gelo, a maior parte derretida, onde flutuava uma garrafa de champanhe, como uma relíquia do *Titanic*. Um filhote de texugo tinha a cabeça e três quartos do corpo enfiados na bolsa.

Ajudamos a libertá-lo e eu joguei para ele um pacote de biscoitos, porque os texugos adoram biscoito, e então, como aquilo parecia um presságio de comemoração, abrimos o champanhe e voltamos à cama para beber.

— Quanto tempo acha que ainda temos?

— Para que, para fazer amor outra vez, para acabar o champanhe ou para que rompa a aurora?

Adormeci, e sonhei com uma porta que se abria.

Portas abrindo para quartos que se abriam para outras portas que se abriam para outros quartos. Atravessávamos painéis, cortinas, portas de vidro, de aço, portas reforçadas, seguras, secretas, duplas, alçapões. A porta proibida que somente pode ser aberta com uma pequena chave de prata. A porta que não é porta, na torre solitária de Rapunzel.

Você é a porta no rochedo, que finalmente se abre livremente quando a lua brilha sobre ela. A porta no alto da escada, que somente aparece em sonhos. A porta que liberta o prisioneiro. A porta entalhada da Capela do Graal. A porta no limite do mundo. A porta que se abre para um mar de estrelas.

Abra-me. Ampla. Estreita. Passe através de mim, e seja o que for que haja do outro lado somente poderia ser atingido assim. Por esse você. Por esse agora. Neste momento cativo que se abre para uma vida inteira.

O coração dele batia como a luz.

Dark caminhava pelo promontório. A luz piscava a cada quatro segundos, como sempre. O corpo dele seguia o ritmo.

O mar e o céu estavam negros, mas a luz abria as águas como se fosse uma chama ardendo.

— Você fez isso por mim — disse ele, embora não houvesse ninguém para ouvir, somente vegetação e papoulas. — Você abriu as águas como um fogo.

Tinha estado caminhando a maior parte da noite. Quando não caminhava, ficava acordado na cama. Mas preferia caminhar.

Naquele dia no farol... e ela tinha ido embora. Semanas depois chegou uma carta, e dentro um alfinete de rubi e esmeralda. Compreendeu que jamais a veria novamente.

Todos aqueles anos — em todos aqueles anos passados, ele tinha duvidado dela. Susan, a filha deles, já tinha 3 anos quando ela revelou que o homem que ele julgara ser um amante era seu irmão. Contrabandista, fugitivo da justiça, mas mesmo assim seu irmão.

Por que dera ouvidos a Price? Por que confiara num chantagista e ladrão?

Mas tudo isso tinha sido perdoado. E ele a traiu uma segunda vez.

Respirou fundo, desejando o ar frio da noite, mas o que respirou foi água salgada. Tinha o corpo cheio de água salgada. Já tinha se afogado. Já não subia em busca de ar. Flutuava por baixo do mundo e ouvia suas vozes, estranhas e distantes. Raramente entendia o que as pessoas diziam. Percebia formas vagas que passavam por ele. Nada mais.

Depois, às vezes, flutuando com o rosto voltado para cima em sua caverna sob a água, uma lembrança clara o atingia como o lado de uma espada, na qual a água se abria e ele sentia o rosto subindo, procurando o ar, engolindo ar, enquanto à sua volta, no meio da noite, as estrelas jaziam sobre a água. Chutou-as com os pés. Estava rodeado de estrelas.

A água se esvaziou de seu rosto, os cabelos voltaram ao lugar. Já não estava morrendo. Ela estava ali. Tinha regressado.

No bolso trazia o cavalo-marinho, o frágil herói do tempo. Mais uma viagem a ser feita.

Saíram da água, nadaram, entraram nadando no cone de luz, deixaram-se cair como uma estrela cadente. O jorro de luz era mais profundo que ele esperava, indicando o caminho para o fundo do mundo. Agora seu corpo não tinha peso. A mente estava clara. Iria ao encontro dela.

Ele largou o cavalo-marinho e abriu os braços.

Conte uma história, Silver.

Que história?
Esta.

Meio partida, meio inteira, você recomeça.

O grupo de turistas descia obedientemente as escadas, em fila. O guia olhou para trás a fim de certificar-se de que todos o estávamos seguindo, e quando ele se voltou para diante eu peguei minha pequena chave de prata e abri a porta de nossa cozinha.

Fechei-a silenciosamente, trancando-me por dentro. Ao longe, ouvia o guia que cerrava as portas do farol.

Um a um, tínhamos podido olhar para dentro da cozinha improvisada onde Pew e eu comíamos montes de salsichas. A chaleira de cobre amassada estava sobre o fogão de lenha, sem polimento. A um canto a cadeira Windsor, de espaldar em forma de pente, onde Pew costumava se sentar. Meu banquinho encostado na parede.

— Era uma vida dura e solitária — tinha dito o guia —, com pouco conforto.

— Como conseguiam cozinhar naquela coisa? — perguntou uma pessoa do grupo.

— O microondas não é nenhum passaporte para a felicidade — disse eu, incisivamente.

Todos me olharam.

Não me importei. Já tinha traçado meu plano.

O farol era aberto ao público duas vezes por ano. Finalmente, sem saber o que fazia, eu tinha voltado.

Agora estava sozinha, ouvindo o ruído do motor a diesel do ônibus que se afastava. Quase esperei que DogJim aparecesse trotando pela porta.

Puxei o banquinho e me sentei. Tudo estava em silêncio, sem o tiquetaque do relógio. Levantei-me, abri a gaveta sob o mostrador, tirei a chave e dei corda ao relógio. Tique-taque, tique-taque. Melhor — muito melhor. O tempo tinha começado outra vez.

A maçaneta do forno tinha se oxidado e estava avermelhada. Abri-a com esforço e olhei para dentro. Vinte anos antes eu partira de manhã cedo e deixara a lenha preparada, porque era o que sempre fazia. Ainda estava lá, sem ter sido acesa, mas ainda lá. Empurrei a alavanca que abria o alçapão da chaminé. Caiu um chuveiro de ferrugem e poeira, mas pelo deslocamento do ar percebi que a chaminé não estava entupida. Encostei um fósforo aos gravetos secos e papel. O fogo crepitou. Peguei a chaleira quando a condensação já começava a surgir. Enxagüei-a com água, enchi-a e fiz um bule de chá de vinte anos de idade. Full Strength Samson.

A claridade ia diminuindo, perdendo as cores, tornando-se transparente. O dia ia acabando e as estrelas começavam a surgir.

Tomei a caneca de chá e subi, passando pelo quarto de Pew, até a sala de controle e daí ao terraço que circundava a Luz.

Debrucei-me na balaustrada, olhando para fora. A cada quatro minutos a luz faiscava num único facho de claridade, visível do mar e do mar do tempo também.

Eu já tinha visto aquela luz muitas vezes. Em terra firme, longe do mar, navegando em meus anos, incerta sobre minha posição, a luz tinha sido o que Pew prometera — sinal, guia, conforto e advertência.

Foi então que o vi. Pew no barco azul.

— Pew! Pew!

Ele estendeu a mão e eu corri escada abaixo em direção ao quebra-mar, e lá estava ele prendendo os cabos como sempre fazia, com seu chapéu disforme cobrindo os olhos.

— Eu estava imaginando quando chegaria — ele disse.

Pew: Unicórnio. Mercúrio. Lentes, Alavancas. Histórias. Luz.

Sempre tinha havido um Pew no cabo Wrath. Mas não o mesmo Pew?

Conversamos a noite inteira, como se nunca tivéssemos partido, como se aquele dia pela metade tivesse se unido a este, e os dois se juntassem com dobradiças. Pew e Silver, então como agora.

— Conte uma história — disse Pew.

— Um livro, um pássaro, uma ilha, uma cabana, uma cama pequena, um texugo, um começo...

— E você disse a essa pessoa o que eu lhe disse? — perguntou Pew.

— Quando se ama alguém, deve-se dizer.
— É isso mesmo, menina.
— Fiz o que você me disse.
— Muito bem, isso é bom.
— Eu amo você, Pew.
— Que foi isso, menina?
— Eu amo você.

Ele sorriu, e seus olhos eram como um navio distante.
— Também tenho uma história para você.
— O quê?
— A órfã era a Srta. Pinch.
— Srta. Pinch!
— Ela nunca foi descendente de Babel Dark. Nunca perdoou nenhum de nós por isso.

E eu voltei a Railings Row sob o Edredom de Um Só Pato, penas de pato, pés de pato, bico de pato, olhos vidrados de pato e cauda torta de pato, esperando o amanhecer.

Todos nós, mesmo os piores, temos sorte, porque sempre surge a luz do dia.

O fogo ia diminuindo, e houve um estranho silêncio do lado de fora, como se o mar tivesse parado de se mover. Depois, ouvimos um cão latindo.
— É DogJim — disse Pew. — Chame-o.
— Ele ainda está vivo?
— Ainda está latindo.
Pew levantou-se.

— O dia vai raiar em breve, Silver, e é hora de partir.
— Para onde vai?
Pew encolheu os ombros.
— Aqui, ali, nem aqui nem ali, e de vez em quando em outros lugares.
— Eu o verei novamente?
— Sempre houve um Pew no cabo Wrath.

Vi-o entrar no barco e alinhar o leme. DogJim estava sentado na proa, agitando a cauda. Pew começou a remar para se afastar das pedras, e naquele momento o sol surgiu, iluminando Pew e o barco. A luz era tão intensa que tive de cobrir os olhos, e quando olhei novamente, Pew e o barco tinham desaparecido.

Fiquei no farol até terminar o dia. Ao sair, o sol ia se pondo, e a lua cheia se erguia do outro lado do céu. Estendi os braços, segurando o sol cadente em uma das mãos e na outra a lua que subia, minha prata e meu ouro, a dádiva que recebia da vida. Minha dádiva de vida.

Minha vida é uma hesitação do tempo. Uma abertura em uma caverna. Uma fenda para uma palavra.

Essas foram minhas histórias — lampejos ao longo do tempo.

Vou chamar você, e nós vamos acender o fogo, beber um pouco de vinho e reconhecer-nos no lugar que é nosso. Não espere. Não conte a história depois.

A vida é tão curta. Essa extensão de mar e areia, esse passeio pela orla, antes que a maré cubra tudo o que fizemos.

Eu amo você.

As três palavras mais difíceis do mundo.

Mas, que mais posso dizer?

Este livro foi composto na tipologia Goudy Old Style BT
em corpo 11,5/15,5, e impresso em papel
off-white 90g/m² no Sistema Cameron da
Divisão Gráfica da Distribuidora Record.